英雄之器

（日）芥川龙之介 著

烧野 译

中国出版集团　现代出版社

目录

二

阿耆尼之神

一

　　中国上海，某个小镇。一间小楼的二层，即使是白日仍然昏暗无比。一名一脸凶相的印度老妪，正和一个商人模样的美国人密切交谈着。

　　"其实，今天是来请您给我占卜的。"美国人说着，又点了根烟。

　　"占卜？暂时可不接喽。"老妪瞥了他一眼，话里尽是嘲讽意味，"最近啊，好不容易卜上几次，越来越多的人，连钱都不给了。"

　　"嘿，钱肯定少不了您的。"美国人毫不肉痛，签了一张三百美元的支票亮在老妪面前，"暂且就拿这个当作订金，要是您的占卜准，到时还有额外的报酬——"

　　"收这么多，反倒不好意思了。"老妪一见真金白银，立马殷勤起来，"可您到底要占卜什么呢？"

"我想请您帮我看看——美日究竟何时会开战。"美国人叼着香烟，嘴角浮起一丝狡狯的笑，"要是能搞清楚这个，我们这些做生意的，用不了多久就能狠赚一大笔。"

"那么就请明天再来吧。到时我会告诉您结果。"

"好，那还请您占卜得准一点——"

"我做这行五十年，一次都没出过错。所有结果，可都是阿耆尼①大神亲口告诉我的。"老妪得意地挺起胸膛道。

美国人一走，老妪便走到隔壁房间门口，"惠莲！惠莲！"地大叫起来。应声而出的是一位美丽的中国人模样的女子，可那张蜡黄的坠腮脸，看上去似乎久经劳碌。

"磨磨蹭蹭做什么呢！真是不要脸！又在厨房偷懒瞌睡了吧！"

而惠莲无论如何被骂，都只是静静地低着头，不说话。

"听好了。很久没有请过阿耆尼大神了，我打算今晚做准备。"

"今晚吗？"女子望向老妪黢黑的脸，眼里尽是哀伤。

"今晚十二点，记好了，别忘了。"老妪指着女子威胁道，"你要是再像之前那样给我添乱，你的小命就没了。我要是想

---

① 阿耆尼是梵文音译，即火天，是吠陀教及印度教的火神。

003

杀你，就跟拧断鸡崽子的脖子没什么两样。"语毕，老妪突然眉头一皱，说话间，惠莲不知什么时候走到了窗边，正透过明亮的玻璃窗，默然望着楼下的街道。

"你看什么？"惠莲再一次抬起头，一张脸终于失了血色。

"好哇，好哇！你就这么不把我当回事，我看还是打你打得不够疼！"老妪怒目圆睁，随手抄起一旁的扫帚抽向惠莲。

就在这时，门外响起了剧烈的拍门声。

二

　　就在老妪责难惠莲的时候，一个日本年轻人正路过阁楼下。偶然抬头，便看到那美丽女子的脸，不知怎的就呆愣在原地。这时，一名人力车夫从他身边经过，他抓着车夫问道：

　　"哎，等等，等等，你知道那二楼住着什么人吗？"

　　车夫手里握着车把，抬头望向二楼，"那儿啊，住着个印度老婆子，不知道叫什么。"车夫一脸嫌弃地答道，急匆匆地又要继续赶路。

　　"哎，等一下，那老婆婆是做什么生意的？"

　　"占卜师。不过听附近的人说啊，她好像还能施展什么法术。反正，要是怕死，还是别靠近她的地盘。"

　　车夫离开后，那年轻人抱起胳膊，陷入沉思，又像是终于下定了决心一般，快步走进小楼之中。突然，老妪的骂声和女子的哭泣声传来，他立马三步并作两步，冲上昏暗的楼梯间，对着老妪的房门猛拍起来。

门立刻就开了。他进去一看，只有印度老妪站在那里，女子似乎已经躲到另一个房间去，不见踪影。

"有何贵干？"老妪一脸狐疑地打量他。

"你是占卜师？"年轻人抱着胳膊瞪了回去。

"没错。"

"那不用我说，你也应该知道我有何目的吧。我也想请你给我占卜一次——"

"你要占卜什么？"老妪盯着年轻人，越发防备起来。

"我雇主家的千金，去年春天失踪了。想让你测一测这个——"他用不容置疑的语气，一字一顿地说道，"我的雇主是香港的日本领事，千金名叫妙子。至于我，叫远藤，是个学生——所以，小姐现在在哪里？"

远藤说着，单手伸入上衣，掏出了一把手枪："小姐就在这里吧！根据香港警察署的调查，小姐就是被一个印度人掳走的，我劝你快快交代！"

然而，印度老妪却丝毫没有怯色，反而轻蔑地笑了：

"你在说些什么呀，我可从没见过你的小姐。"

"扯谎！我刚刚从窗外看到的女子，正是妙子小姐！"远藤一手持枪，一手指向隔壁房间。"你要是还狡辩，就把刚刚那位姑娘带出来！"

"那是我买来的丫头。"老妪满脸嘲讽，终于咧嘴笑出了声。

"是不是买来的丫头，我一看便知！你不带过来，我就自己去看！"远藤说着就要进到隔壁房间，印度老妪马上堵住门口。

"这是我家！我认识你是谁啊！让你随便进到我家里屋？"

"让开！再不让我就毙了你！"

远藤正要举起手枪，可还未抬起胳膊，一瞬间，老妪突然像乌鸦一般地发出尖啼，接着远藤的手就像被电击了一般，手枪就这样掉落在地。就算大胆如远藤，此时也被吓了一跳，愣愣地看向四周，只觉不可思议。可他又马上回过神来，叫骂一声"妖婆！"，猛虎一般再次向老妪扑去。

可这老妪也不是一般人，她闪身一躲，重新抓起扫帚，朝着远藤的脸，扬起地板上的垃圾。一时间，四散的垃圾全部冒出火星，噼噼啪啪地朝远藤的眼口招呼过去，远藤终于招架不住，在打着旋朝他扑来的火焰之下，几乎是连滚带爬地逃出了小楼。

三

当天夜里十二时左右，远藤独自伫立在印度老妪的小楼下，不甘心地盯着二楼玻璃窗里透出的灯光。

"好不容易探听到小姐的所在，却没能成功搭救，不甘心啊——那向警察求援呢？不不，中国警察的懒散误事，早在香港的时候我就受够了。万一这次让那老妪逃了，下次再找到就难了。管她什么妖法，在真枪实弹面前也得束手就擒——"

远藤正想着，一张小纸片，忽然从二楼悠悠飘下。"欸？那是张纸片吗？难道是小姐在给我传递消息？"他一边自言自语，一边拾起纸片，掏出怀里的手电筒仔细照着看了起来，那纸片上，正是出自妙子手写、稀微得仿佛要消失的铅笔字迹。

"远藤先生，这个老婆婆会操纵可怕的魔法。有时她会把我的身体当作灵媒，召唤印度的阿耆尼神。我被那个阿耆尼神附体的时候，实在生不如死，对其间发生的任何事都浑然不知。不过据那老婆婆所说，阿耆尼神会借我之口，做出各种预言。今天夜里十二点，老婆婆又要用我召唤阿耆尼神，到时我又会不知不觉地失去意识。但这次我会保持清醒，假装自己已经被附体，我会假借阿耆尼神之口，命令老婆婆把我放还给父亲。老婆婆无比畏惧这位神明，一定会乖乖放了我。除此之外，别无他法，所以请您明天早上一定要再过来。再会吧。"

读罢，远藤看了看怀表的时间，还有五分钟就到十二点了。

"差不多了。小姐还是个孩子，面对那个妖婆，万一出什么意外——"

话音未落，老妪便已开始施法。二层一直亮着的窗突然暗了下去，与此同时，一股不可思议的燃香气味，渐渐渗入街道的地砖缝隙，又悄然飘荡开来。

四

　　这时，二楼的房间里，老妪已经熄掉了台灯，正在桌前摊开魔法书，不停地咏唱起咒文来。香炉的火光照在书上，只有文字模模糊糊地浮现在一片黑暗中。

　　惠莲——一身中式打扮的妙子，正静坐在老妪面前。刚刚从窗户抛下的信，远藤先生有没有接住呢？当时街上那个人影看起来确实是远藤先生，可万一认错了呢？如此焦虑涌上心头，她开始按捺不住。但如果这个时候轻易露出马脚，一定逃不过老妪的眼睛，恐怖魔窟的逃亡计划必会露馅。于是妙子只得拼命将颤抖的双手紧紧交叠，焦灼地等待着降神之时的到来。

　　老妪口中念念有词，手上打着各种手势，绕着妙子一圈一圈地走，时而在她面前举起双手站定，时而到妙子身后，一双手覆在她的额头掩住她的眼睛。这个时候要是谁在外面看到老妪的样子，肯定会以为是一只巨大的蝙蝠，正在苍白的香炉亮光里飞来飞去。

妙子又像以往一样，意识模糊起来。如果在这里睡着，计划就全泡汤了，自己永远也无法回到父亲身边。"日本的诸神啊，请保佑我，不要让我就此睡去，只要再让我见父亲一面，哪怕那之后马上死去，我也心甘情愿。日本的诸神啊，请赐予我骗过那老婆婆的力量……"

妙子热切地在心中祈祷了无数次，然而困意却始终萦绕不去，更加强烈起来。她的耳边又响起了好似铜锣敲响的古怪乐音，那是每一次阿耆尼之神下界时，都会响起的微妙声响。她再也无法保持清醒了，这时，香炉的火光也好，印度老妪也好，都像一场噩梦，渐渐在妙子的眼前消失了。

"阿耆尼之神！阿耆尼之神！请倾听我的呼唤……"

终于，当老妪伏在桌上，用喑哑的嗓音喊出最后的召唤，妙子仍坐在那里，早已如同死去一般，沉沉睡去。

五

　　无论妙子还是老妪，此时都未曾料到有人会目睹这一降神的过程——远藤，正从锁孔里窥视这一切。原来，远藤看到信后，本打算在街上等到天亮，可一想到小姐的境遇，便无论如何也没办法干等下去了。他放开手脚，小偷一般潜入小楼，飞速登上二楼台阶，从那房间的锁孔里目击了一切。虽说是目击，其实远藤能从锁孔里看到的，只有苍白的香炉火光中，正对着门口的妙子死去般静寂的面孔。桌子、魔法书，以及伏在桌上的老妪，他都看不见，可那老妪嘶哑的声音，清清楚楚地回荡在他的耳朵里。

　　"阿耆尼之神！阿耆尼之神！请倾听我的呼唤……"

　　老妪话音未落，原本如同死去一般双眼紧闭的妙子，突然开始说话了。可那声音并不属于是少女妙子，而是一个蛮横的男子的嗓音。

"我再也不会回应你的祈祷了。你违背神谕，恶事做尽，一切以今夜为界，你再也不必侍奉我了，不仅如此，我还要惩罚你。"

老妪当场愣住，不停地发出粗重的气音，一句话也说不出来。妙子并不理会，继续庄严地讲道：

"你从那可怜的父亲手里夺走他心爱的女儿，要是你还想活命，限你今天夜里、明早之前将这孩子送还！"

远藤还扒在锁孔前，等待老妪的反应，而那老妪惊呆片刻后，突然又坏笑着冲到妙子面前。

"还想耍我！你当我是什么人？我还没老糊涂到能被你骗了！'把这孩子还给她父亲'——阿耆尼之神又不是警察，怎么会说出这种话！"老妪突然从怀中掏出一把刀，逼在仍旧紧闭双眼的妙子面前，"来，老老实实坦白，你不过是在模仿阿耆尼神的声音！"

光看这情形，远藤自然不知道妙子实际上早已睡去，还以为计划被看穿，心不由得嗵嗵跳了起来。可妙子仍未睁开眼睛，不为所动，讥讽老妪道：

"你离死期不远了，居然把我的声音听成人类的声音。我的声音哪怕再低微，也是天火熊熊之声，难道你不清楚吗？不知道也罢，只一件事——马上将这女孩送还，还想继续违背我的指令？"

老妪稍稍犹豫了一下，又重新理直气壮地一手拿着小刀，一手抓住妙子的领子拽到跟前：

"小丫头片子，还逞能，好，好，那就拿命来吧！"

手起刀落，眼见妙子就要命丧于此。远藤见状猛地起身，没命似的撞起门来，直到双手在门上磨破了皮，可上着锁的门仍然纹丝不动。

六

　　突然，房间里暗了下来，有谁在尖叫，接着，有人倒地的声音传来。远藤发疯似的呼喊着妙子的名字，拼尽全力用肩膀撞门，终于，门板裂开，锁头叮咚落地，远藤冲进屋去，可一片死寂中，只有香炉里苍白火光依旧。他胆战心惊地看向四周，首先自然是椅子上宛若死去的妙子，不知为何，她的面孔在微光之下颇具庄严之感。

　　"小姐，小姐！"远藤拼命在妙子的耳边呼唤着，可妙子仍双眼紧闭，毫无反应。

　　"小姐！振作一点！我是远藤！"

　　"远藤先生？"终于，妙子如梦初醒，睁开惺忪的双眼。

　　"对！是我！来，已经没事了，快跟我逃走吧！"

　　"计划失败了。抱歉，我不知不觉就睡着了。"

"被看穿不是小姐您的错，您不是按照计划扮阿耆尼神了吗——不管这些了，来，小姐，我们快逃吧！"

"是吗？我睡着的时候，还说过这样的话吗？"妙子靠在远藤胸前喃喃道，"可计划失败了，我逃不出去了。"

"您说什么呢，我会和您在一起的，来，这次可不能再有什么差池了。"

"可老婆婆还在吧。"

"老婆婆？"

远藤再一次环顾四周，桌上仍然是摊开的魔法书，而桌下，印度老妪仰面躺倒在血泊中，她的那把刀扎在她自己的心口。

"老婆婆呢？"

"她已经死了。"

"我，我有些糊涂了，是远藤先生杀了老婆婆吗？"妙子那对美丽的双眉蹙起，仰起脸问道。

远藤这才将目光从老妪的尸体移开，与妙子对视。虽然今晚的计策失败了，可老妪还是死了，妙子也平安无事，这一瞬间，他才发觉命运的不可思议。

"杀了她的不是我，是今夜降临于此的阿耆尼之神。"

远藤抱着妙子，肃穆地低声说道。

二

掉头的故事

上

何小二扔开军刀，没命似的紧紧抱住马脖子。自己确实被砍了头——这可能是在自己抱住马脖子之后才意识到。脖子传来"嘣"的一声，与此同时自己就伏在了马上。不过这样的话，马也受伤了吧。就在何小二伏在马鞍的瞬间，马猛地仰起头，朝天尖声嘶鸣起来。马在混乱的敌军阵中开出一条路，横冲直撞进了无边无际的高粱地。似乎身后又有两三声枪响，可传到何小二耳朵里，就像来自梦中。

田里一人高的高粱，被一顿猛冲的马踏得像波浪一般起伏。高粱左右晃动，扫过他的发辫，拍打在他的军服上，拭去了他脖子上淌下来的黑血。可此时，何小二心中完全顾及不到这些，他的脑海里，只是焦灼地、痛苦地重复着这样一个简单的事实：自己被砍头了、自己被砍头了，一边又不断机械地夹着已经汗湿欲滴的马肚子。

十分钟前，何小二和其他骑兵战友，前往与营地一河之隔的小村庄侦察。途中，在还未成熟的高粱地里，突然撞见了一队日本骑兵。只因实在太过突然，双方都没有拔枪射击的余地，只是一看见戴着红穗子的军帽、胁下绣着红杠的军服，也不知是谁起的头，所有人都一起拔出了刀，猛地掉转马头面向敌人。那一刻，每个人的脑海里都没来得及想到自己可能会被杀，全员像恶犬一样龇牙，猛地向那帮日本骑兵冲了过去。同时，日本骑兵也做出了同样的反应。于是，这一瞬间，双方都如同照镜子一般，从四周围上来的面孔上看到了好像露出獠牙的自己，接着，一把把军刀"呼呼"地破风相接。

接下来发生的事情，时间概念就不那么明晰了。丈高的高粱全部摇摇晃晃，像刚刚经历暴风雨。只有悬在那摇摇欲坠的高粱穗间赤金色的太阳，清晰得不可思议。这场骚乱持续了多久，其间先发生了什么后发生了什么，何小二完全记不清了，他只是大吼着，毫无目的地疯狂挥舞着军刀，直到整个刀身都红透了，仍然没想着停下来，直到刀把被他的手汗浸得油津津。奇怪的是，这时他开始口渴起来。一个留着毛刺和尚头的日本兵，此时突然跳到他马前，裂开的红穗军帽缝隙之间显现的，是一张目眦尽裂、大张着嘴的奇怪面孔。

何小二见状，猛地举起刀，对准对方的军帽向下劈去。可劈到的既不是军帽，也不是那军帽下的脑袋，而是对方从下至上挥起、格挡的军刀。"当"——钢刃碰撞的声音，在蒸煮着怒气的混乱战场回荡，显得格外清脆。久经打磨的冰冷钢铁的刺鼻气息，直冲何小二的鼻子。与此同时，日本兵宽阔的刀身反射出令人晕眩的刺眼日光，抡圆了直冲何小二的头上袭来——等他反应过来的时候，随着"噗"的一声轻响，他的脖子里，已经嵌进了什么冰凉的东西……

马驮着痛得不断呻吟的何小二，继续在茂盛得似乎没有尽头的高粱地里乱撞。人的喊叫声、马的嘶鸣声，乃至短兵相接的碰撞声，不知何时已经远去。只剩下和日本别无二致的初秋日光，洒落在四周。

何小二仍在马背上呻吟着。可他咬着牙也忍不住的呻吟声，有一点更复杂的诱因，也就是说，他并不只是因为剧痛在呻吟，更多的是出自精神上的痛苦——围绕着"死"这一中心，急剧波动的情感，让他几乎要哭喊出来。

他为自己即将到来的死亡感到无尽的悲哀。他开始憎恨一切导致他死亡的人和事，接着愤怒起来——无数种复杂的感情，如同被一根根丝线牵引一般，同时朝他的脑海肆虐而来，于是他想起什么就喊什么，从"要死了要死了"到呼喊自己的爹娘、再到骂日本骑兵的脏话……可这些话一张嘴，都变成了嘶哑又迷糊的呻吟，他已经虚弱到这种程度了。

"再没有比我更倒霉的了。年纪轻轻就被送到战场，像狗一样莫名其妙地死掉。最可恨的就是那个杀我的日本人，其次就是派我来侦察的长官，最后就是朝廷和日本打的这场仗。可恨的还有很多，我恨所有让我和参军这件事扯上关系的人，都因为他们，我在这世上，还有那么多想做的事没做，如今居然就要死了。啊，就这样任人摆布的我，也真是傻呀……"

何小二仍然紧紧抱着马脖子，有好几次差点摔下来。横冲直撞的马，时不时惊飞一群鹌鹑，可它仍然视若无睹，吐着白沫子向前奔去。赤金的太阳不断西斜，要是老天开恩，他可能会呻吟着在马背上晃上一天。前方，一条混浊的窄河穿过高粱地，将原本一马平川的高粱地冲刷出缓缓的坡度，视野也倏尔开阔起来。河中深水处，孤零零地杵着两三株川杨，顶冠已经光秃秃，落叶堆聚在矮处的树梢。几株川杨出现在这里，就像是老天安排。马看准川杨间的空当，跳起过河时，何小二突然被掀飞，整个人摔在河滩柔软的泥沙之上。

就在被抛上天空的那个瞬间，何小二看到天空中仿佛在燃烧着的明黄色的火烧云，不知为何联想到，小时候蹲在家中厨房的灶台前，灶坑里燃烧着的，明黄色的鲜亮的火焰——

啊，烧起来了。他这样想着，在下一刻彻底失去了知觉。

中

从马上跌落的何小二，完全失去了意识，就连他身上伤口的疼痛，都似乎渐渐将息了。他就这样全身连泥带血地横在不见人迹的河边，此刻他的眼中，只有被川杨树梢轻抚着的，遥远的蓝天。这时的天空，比他所见任何时候都更显幽深苍蓝。恰恰像将一个巨大的蓝色瓶子倒过来，再从瓶口往里看一样，瓶底处，云像泡沫一样聚来，又不知倏然散向何处，眼看着就要消失在不断晃动的川杨树叶之间了。此时何小二已经神志不清，当他望向天空时，眼前出现了各种各样的虚无的幻影。

首先是他母亲脏污的裙子。小时候，开心的时候也好，伤心的时候也好，他不知搂过这条裙子多少次。他想也没想就伸手去抓，可马上就要抓到的时候，裙子却变得像纱一般，越来越薄，越来越透，直到像凿开云母一样，嵌入云的团块间，逐渐消失在他的视野之中。

接下来，他家后院的大片的胡麻地，滑进他的视野。那是仲夏的胡麻地，寂寞的小花静待至黄昏盛开。何小二就站在地里，寻找自己和兄弟们的身影。可除了在熹微的日光下静默的淡色的花与叶，并没有任何人的身影。最后这块胡麻地的影像，好像被放倒、吊起再抽走，也消失了。

接下来，有什么奇怪的东西，骨碌碌地从天上冒了出来。仔细一看，原来是在元宵节晚上，满街游行的大龙灯。那龙灯有四五间房那么长，青红的颜料在纸上绘制出华丽的色彩，糊在竹制的骨架上，和画上画的龙别无二致。明明是在白天，可龙灯里的烛火，仿佛就这样出现在天空中，而那龙灯就像活了过来一般，两条龙须像有生命似的左右游动起来——就在何小二这样想着的时候，那龙灯也渐渐游离出他的视野，急速消失了。

龙灯一消失，突然，一双鲜嫩的女人的脚出现在空中。因为缠过足，那纤细的双足不过三寸。白净薄透的指甲，轻柔地隔在雅致地弯曲着的肉色趾头之间。对何小二来说，与那双脚有关的记忆，就像在睡梦中吃了个虱子，猛地一股辛酸席卷而来。如果还能再摸一摸那双脚——不过也没有如果了——看到那双脚的地方，和自己此时身处之所相隔百里。就在他这样想的时候，那双脚渐渐地透明了，无比自然地被云影吞噬了。

此时，他的视野里，一队戴着红穗军帽的日本骑兵慌慌张张地行进过来，比以往任何时候都要急而快，接着，他们又以同样飞快的速度消失了。啊，那些日本兵，也一定和我一样寂寞吧。如果他们是真的就好了，我们在一起还能互相宽慰宽慰，至少能有那么一会儿忘记自己的凄凉。不过现在，说什么都晚了……

何小二的眼里，止不住地溢出泪水。此时，无论他的生活有多么不堪，也没有重复讲述的必要了。他忏悔一切，他宽恕所有。

如果我得救了，我愿意为赎清从前的过错做任何事。何小二在心底啜泣着，如此喃喃道。然而，那无比深邃，无限苍蓝的天空，就像完全没有听到他的祈祷一般，一尺，一寸，慢慢地向他的胸口压下来。在苍天的浩气之中，点点昼星闪烁。那些幻影，已经不再出现，何小二最后吐出一声叹息，颤抖着嘴唇，终于闭上了眼睛。

下

甲午战争议和不久，一个早春的午后，北京日本大使馆的
一个房间里，军官、陆军少佐木村，同正好被上级指派前往中
国内地视察的农务省技师山川理学士，正围在桌前，抽雪茄喝
咖啡，忙里偷闲聊得正欢。虽说是早春，室内火烧得也很旺，
人在屋子里，衣服也快让汗浸透了。桌上摆的红梅盆景，时不
时飘来一股只有中国才有的香气。二人从西太后一直聊到甲午战
争时的经历，木村少佐就像突然想起来什么一般，起身将放在角
落里的《神州日报》合订本拿到桌前，抽出其中一册摊在技师
眼前，指着一处，眼神示意山川自己读来听听。

事发突然，这有点出乎山川的意料，不过他知道这木村少
佐向来都颇为洒脱不似军人。打眼瞧过去，大约是讲战争期间
奇闻逸事的板块，仔细一读，方方正正的字体，用日本新闻的

口吻，记载了这样一桩故事——

一个叫何小二的剃头店老板，从甲午战争凯旋，被当成英雄。可他仍不知检点，成天沉溺于酒色。一天在某家酒馆，同酒友吵了起来，最后演变成斗殴。何小二的脖子受了重伤，即刻毙命。不可思议的是，真正致死的伤，并不是斗殴的凶器留下的，反而全都是重新裂开的、甲午战争时期的旧伤。据在场的人讲，当时桌子倒了，何小二也一起倒在地上，鲜血直接喷射出来，又洒了一地，他的脖子上，只剩喉头一块皮肉连着脑袋。可当局并不认同这种说法，现在正在严查罪犯。不过，《聊斋志异》中，尚有诸城某甲掉头而不死之逸事，发生在何小二身上，又有什么奇怪的呢？

"什么呀？"山川技师看完那篇报道，一脸茫然地说。木村少佐听闻，悠悠吐出一口烟，大方一笑：

"有意思吧。这种事情，也只有中国才有呀。"山川技师于是也只能嗤笑着，把长长的烟灰掸进烟灰缸。

"不过，更有意思的还在后面——"木村少佐突然严肃起来，"我认识那个何小二。"

"你认识？这可不得了。你好好的一个外交官员，该不会学那些新闻记者，添油加醋，捏造作假吧？"

"我才没有那么无聊。那时——就是我在那场战斗中负伤的时候，那个何小二被收容在我军的战地医院，恰巧我在练习中文，和他说过几次话。脖子上有伤，肯定是他。他说自己的伤是在某次侦察还是什么的任务中，突遇我军骑兵，被迎头砍了一刀。"

"欸，那还挺有意思的。不过看新闻上说，这家伙就是个混混。这样的人，活在世上也是祸害，还不如当时就死了。"

"当时这个何小二可是俘虏里难得肯顺从的，是个非常正直的好人。所以军医和其他人，也对他有好感，对他的治疗也最下功夫。他讲到自己的经历，非常有趣，尤其是他受伤落马之时的心情，我现在还记忆犹新。那时他陷在河滩的泥里，透过川柳望向天空时，看到的却是无比清晰的母亲的裙子、女子的裸足、开着花的胡麻地。"

木村少佐放下烟卷，抿了一口咖啡，看向桌上的红梅盆景，如同自言自语般接着说道：

"他说，当他看到这些情景，心里想的都是，自己至今为止的生活，是多么不堪。"

"可战争已结束，他不是立马变成了无赖？所以说，人这种生物，就是靠不住的。"山川技师一头靠在椅背上，伸长双腿，朝着天花板，讽刺地吐出一口烟。

"你说他靠不住，是说他当时在装傻？"

"没错。"

"不，我不这么认为。至少当时，他的感叹是出自真情实感。这次恐怕也是一样——在掉头的瞬间（此处沿用新闻原文）他也会这么想，我想象得到：他喝多了，在斗殴中莫名奇妙地和桌子一起被扔出去，所以伤口重新裂开，那颗挂了条长辫子的头，就这样咕噜咕噜滚落在地上。他在那时所见的母亲的裙子、女人的裸足，还有开着花的胡麻地，一定重新出现在他眼前。不管他头上有没有屋顶，他一定再一次看到了那遥远的苍蓝天空，也会再次感叹自己生活的不堪吧。可这次并没有日本的医疗兵把失去意识的他捡回去，和他打起来的人，也只会抓着他继续拳脚相加吧。最终，他也只能继续后悔，后悔着咽下最后一口气。"

"你可真是个理想主义者。如果真像你说的那样，他明明都已经看过一次那些景象，可最终为何又重蹈覆辙呢。"

"这是不同于你口中的，另一种，'人就是靠不住的'。"木村少佐重新点起一根烟，几乎用非常得意的欢快语气，微笑着说道。

"我们有必要明明白白地知道，自己有多靠不住。事实上也只有知道这点的人，才稍微可靠那么一点儿。否则，就像掉头的何小二，我们的人格，也不知什么时候就会像掉了脑袋一样崩坏。这可是中国的新闻，不这么理解可不行。"

大正六年十二月

二

杜子春

一

某个春日，日暮时分。

有一青年呆立于唐都洛阳西门下，茫然地仰望着天空。

其人名为杜子春[1]。他本是富家子弟，如今却家财散尽，落到每日温饱都成问题的惨淡境地。

要说那个时代的洛阳，乃是天下首屈一指、繁盛至极的大都市，街上车马行人络绎不绝。夕阳渐渐下沉，西门浸泡在如油一般金黄的光泽中，老人头顶的纱帽、突厥女金灿灿的耳环、垂在白马颈上的五彩缰绳，如此种种，川流不息，就像画一般美好。

杜子春一如既往地靠在城墙上，呆望着天空。此时，纤细

---

[1] 唐代牛僧孺编著唐传奇名作《玄怪录》中人物，后人多有引用改编。

的新月已从空中升起，在浮动的烟霞里淡淡地显现，就像指甲在皮肤上刻出的一道白痕，他仍然在为在自己无可奈何的处境暗自发愁。

"已经这么晚了，一顿饱饭都还没吃上。像我这种人，去哪儿人家都不会收留。每天都在苦恼这些，这样活着，不如跳河死了来得自在。"

突然，不知从哪里来了一位独眼老者，在他面前停住了脚步。夕阳西沉，老者巨大的影子投射在西门上，落日余晖中，他仔细端详着杜子春的脸，颇具派头地发问了：

"你现在有什么打算？"

"我？我连今晚睡觉的地方都没有，正愁呢。"老者询问的语气甚是急迫，所以杜子春还是老老实实垂下眼，想也没多想地如实回答了。

"是吗。确是可怜。"老者像是在思考什么事情，好一会儿过去，终于指着沐浴在夕照中的街道，说道，"那我就告诉你一件好事吧。你现在站在落日底下，记住地上你的影子头的位置。入夜之后去挖就对了，应该会挖出满满一车的黄金。"

"真的吗？"杜子春一惊，马上俯身下拜，可抬起眼来的时候，不可思议的是，老者已然不知所踪。此时，月亮早已更加纯白明亮，往来不绝的大街上，已经有三两只蝙蝠，轻快地扑棱着翅膀，上下翻飞。

二

就这样，杜子春在一日之内，成了洛阳城里最富有的人。正如那位老者所说，落日在地上照出他的影子，夜里在头对应的位置，果然挖出了小山一般多、一车都装不下的黄金。

成了有钱人的杜子春，马上添置了大宅，过上了当朝皇帝一般奢侈的生活。兰陵美酒、桂州龙眼，都是唾手可得；一天之内可变换四种颜色的牡丹、名贵的白孔雀都收入园中；珠玉锦缎加身、香木造车、象牙修座……他拥有的，是说不尽的种种奢华。

关于杜子春的奇闻也传开了。那些曾经在路上遇到连招呼都不打的朋友，都开始整天登门拜访。到后来，每天做客的人数都在增多，不到半年，洛阳城内那么多知名的才子佳人，都曾是杜子春的座上宾。每日招待这些名人的酒宴有多奢华呢?

盛装西洋葡萄美酒的酒器皆是金杯，席间有天竺国的杂耍艺人表演吞刀，而杜子春的身旁，总有吹笛鼓琴的二十名女子，十人戴着翡翠莲花，十人戴着玛瑙牡丹，都在她们的黑发间熠熠生辉。

可再怎么富有的人家，钱也有花完的一天。哪怕是豪气一时的杜子春，这么一两年过下去，也渐渐拮据起来。直到昨天还一直到访的朋友，如今哪怕经过门前，也不愿打一声招呼了。到了第三年春天，杜子春又变回了当年身无分文的杜子春。偌大的洛阳城，竟无一户愿意收留他的人家。不，别说是留宿了，他就连一碗水也讨不到了。

终于在某一天的黄昏，他又一次呆呆地站在洛阳城西门之下，茫然地望着天空，不知如何是好。而那位独眼老者，果然像从前一样，不知从何处再次现身了。

"你现在有什么打算？"

杜子春见到老人，羞愧难当地低下头，一时无言以对。既然老者仍如当年一般亲切，问着同样的话，那么自己也照旧吧，于是他诚惶诚恐地答道：

"我正愁今晚在何处安身。"

"是吗。确实可怜。那我告诉你一件好事吧。你现在站在落日底下，记住地上你的影子胸口的位置。入夜之后去挖就对了，应该会挖出满满一车的黄金。"

老人这样说着，再一次如同生生用手刮擦掉自己的身影一般，瞬间消失在了人流中。

　　昔日的洛阳城首富杜子春回来了。同时，他那放肆奢侈的生活也再次拉开了序幕。四色牡丹依旧盛放在庭中，白孔雀再一次栖息在花下，天竺来的杂耍艺人又表演起了吞刀绝活，一切又恢复到了往日的奢华。

　　可这一车小山般堆积的黄金，三年一到，很快又消耗殆尽了。

三

"你有什么打算？"

独眼老者再一次来到杜子春面前发问了。当然此时的杜子春，还是呆立在洛阳城的西门之下，茫然地望着纤细新月的微光，破开傍晚的烟霞。

"我吗。我连今晚睡觉的地方都没有，正愁这个呢。"

"是吗。确实可怜。那我告诉你一件好事吧。你现在站在落日底下，记住地上你的影子腹部的位置。入夜之后去挖就对了，应该会挖出满满一车的——"

"不必了，我已经不求什么黄金了。"

"不求财？哈哈，那么，你终于厌倦奢华的生活了？"老者的眼里充满了疑窦，盯着杜子春的脸问道。

"那倒不是，我并非厌倦了奢华的生活。只是突然对人这种生物失望了。"杜子春一脸不忿，气冲冲地说道。

"有趣。为什么作此感想呢？"

"人都薄情寡义。我富贵之时，对我阿谀奉承、百般讨好，我一旦落魄了，你看着吧，连个好脸色都没有。这么一想，就算再变成一次有钱人，也毫无意义。"

老者听了杜子春的话，突然嘻嘻地笑起来。

"是吗，你有着不似你这个年龄的通达呀。那么你就打算忍受贫困，接下来安安稳稳地活下去吗？"

杜子春稍稍愣了一下，转而坚决地抬起头望向老者，无比恳切地说道："这也并非我意。因为我希望成为您的弟子，修习仙术。不，事到如今我也不想有任何隐瞒了。您一定是得道高人，否则也不能够在一夜之间把我变成天下第一的富豪。请您收我为徒，教我这些不可思议的仙术吧！"

老者皱着眉头沉默了片刻，像是在考虑什么。终于，他又绽开了笑脸，痛快地答应了杜子春的请求。

"不管怎么样，我铁冠子也是峨眉山上修炼的得道之人。起初见你有开悟明理之相，就给了你两次做富豪的机会。既然你这么想成为仙人，那就先从我的弟子做起吧。"

杜子春听闻大喜过望，老者的话还没说完，他便以头抢地，向铁冠子行了好几次大礼。

"不必行此大礼，虽说你入了我的门下，但最终能否得道成仙，还要看你自己的修为了。总之先随我去峨眉山看看吧。嚯，太好了，正好这里有一根竹杖。那就赶紧乘着它飞过去吧。"

铁冠子捡起那根青竹杖，口中一边念起咒文，一边带着杜子春，像骑马一样跨了上去。随即，那根竹杖就像龙一样腾云而起，飞上傍晚的春日晴空，朝着峨眉山的方向急速前进。

杜子春壮着胆子，战战兢兢地向下看去。云雾之下，只有沐浴着夕阳的青色群山，而那洛阳城的西门，早已无迹可寻，恐怕早已模糊在烟霞之下。铁冠子雪白的胡须，飘扬在风中，他高声唱道：

朝游北海暮栖梧，

袖裹青蛇胆气生。

三过岳阳人不识，

飞身长啸入洞庭。

四

二人乘着青竹，很快飘飘荡荡降落在峨眉山脚下、一块面朝深谷的巨石之上。巨石之高，使得当空闪烁着的北斗星，看起来如碗口一般大。原本就是人迹罕至之处，四周只有无边的寂静。细听许久之后，耳边便传来后方绝壁上攀缘生长的松柏在夜风中发出呼呼的响声。

铁冠子让杜子春坐在绝壁之下，说道："我要去天界谒见西王母，你就坐在这里等我回来。不过我走之后，定有很多妖物出现。如果你想四处走走看看，那么切记，不要出声。你一旦出声，就别想成仙了。记住了吗？天崩地裂，都别出声。"

"请放心。我一定好好闭嘴，死也不出声。"

"如此便好，我也就放心了，老夫去去就回。"

老者与杜子春作别后，又跨上那竹杖，腾空飞越那仿佛连夜色都能遮盖的群山之巅，只在空中留下一道残影。

于是杜子春独自一人坐在岩石上，静静地仰望夜空。不到两刻的工夫，夜半山林之间的寒气便已穿透薄薄的衣衫，侵入肌理。就在此时，一个甚为不满的声音突然在空中响起：

"是何人到此呀！"

而杜子春谨记仙人叮嘱，一言未发。于是那声音继续威慑道：

"再不回答，就立即受死吧！"

杜子春当然继续保持沉默。接着，一只目射精光的猛虎突然跃上高岩，俯视着杜子春，高声怒吼，虎啸震得杜子春头顶的松枝猛烈摇晃着。而此时在他身后的绝壁之顶，又有一条四斗酒桶那么粗的白蛇，吐着火一样红的芯子爬来，渐渐向杜子春靠近。

然而杜子春仍然静坐不语，连眉头也不曾动过一下。

虎与蛇，为了同一个猎物对峙着，窥视着对方的死角，最后终于同时向杜子春扑来，就在他即将命丧虎口，气绝蛇腹之时，虎与蛇的身影，都如雾气一般在夜风中消散了。只有绝壁上的松柏随风摇曳的声音未曾断绝。杜子春终于松了一口气，想着这下无论发生什么，只要安心等待便好。

忽然，又一阵风吹起，墨一样浓黑的乌云从四面八方涌来，汇聚到杜子春头顶的天空。其间一道紫电猛地劈开这片黑暗，震耳欲聋的雷鸣随之响起。同闪电一同到来的，不仅仅是雷鸣，还有如瀑布般、突然倾盆而下的暴雨。风的怒号，溅起的雨花，从未间断的道道闪电，杜子春在这天气的异动下，仍然毫不恐惧地静坐。一时间，震耳欲聋的雷鸣声，好像要将整个峨眉山颠倒。空中翻卷的乌云当中，突然落下一道赤红的火柱，直击杜子春的头顶。

杜子春来不及多想，捂住耳朵，死死趴在一座岩石上。然而，等到他睁开眼睛，夜空只比刚才更加澄澈，对面高耸如云的山峰之上，碗口般硕大的北斗星，还在闪烁着耀眼的光芒。如此看来，刚刚的大雨，猛虎和白蛇，都是趁铁冠子离开兴风作浪的妖法而已。杜子春逐渐安心下来，擦了擦额角的冷汗，再一次在岩石上坐直了身体。

没等杜子春松下这口气，这次出现在他面前的，是一位身长三丈有余，一身金甲的威武神将。这神将手持三叉戟，突然将戟尖直指杜子春的胸口，怒目呵斥道：

"哒！来者究竟何人！我自天地初开之日起，便以这峨眉山为居所，从未有凡人敢只身一人踏足。要是还想活命，就快快报上名号！"

杜子春仍然谨遵铁冠子之言，不曾开口。

"还是不肯回答吗，好哇，不想回答就算了。那就让我的仆从把你粉身碎骨吧！"

神将高举三叉戟，朝着对面的山峰挥舞了起来。从黑暗的裂口中显现的，是成千上万、不可计数，持枪配刀的神兵，列阵如云，已经摆好阵仗，准备一起朝这边攻来。

杜子春见状，马上就要啊的一声叫出来。可又马上想起铁冠子的叮嘱，拼命忍住了。神将见他并不恐慌，怒不可遏地喝道："大胆狂徒！既然你不论如何不肯出声，那我便取你性命！"

神将随即挥起三叉戟，直接刺向杜子春的胸口。可就在此时，神将的身影，随着响彻峨眉山的笑声，消失不见了。而那无数的神兵也同夜风的声音一起，梦境一般消失在空中。

寒凉的北斗星光，再一次照耀在岩石上。随风摇摆的绝壁上的松树，从始至终呼呼响着。而杜子春终于仰面朝天，昏死了过去。

五

　　杜子春的肉身仰面倒在岩石上，他的魂魄则静静地脱离躯体，下到地府。人间与地府之间，连接着一条暗穴之路。这条路常年不见天日，只有彻骨的寒风肆虐。杜子春的魂魄，就像飘零的树叶一般，被这阴风带动着前进。终于，一座气派的大殿出现在杜子春的眼前，写有"阎罗殿"三个大字的匾额，赫然悬于其上。

　　阎罗殿的众鬼，一看到杜子春，便你挤我我挤你地开出一条道来，狠狠地将他押至殿前。传说中的阎罗大王高坐殿上，皂袍金冠，威严地俯视下方。杜子春来不及多想，便诚惶诚恐地跪下。

　　"说！你为何坐在峨眉山上啊？"阎罗大王的声音如同雷鸣，响彻殿上。杜子春本想马上回答，可话刚到嘴边，又想起铁冠子的警告，只能垂下头，闭口不言了。阎罗大王见状，气得吹胡子瞪眼，高举铁笏板，喝道："你以为这是什么地方！识相的话快快回答，否则让你尝尝地狱的厉害！"

阎罗王见杜子春仍是一言不发，便朝着众鬼胡乱说了一通。众鬼听罢，一刻也不敢耽搁，一把拉起杜子春，将他抛向阎罗殿的上方，那片暗黑的虚空中。

众所周知，地狱之中，除了刀山火海，更有名曰烧灼地狱的火焰之谷、名曰极寒地狱的寒冰之谷。众鬼把杜子春一遍又一遍地抛入这些地狱，他的身体被剑贯穿、脸被火灼烧，舌头被拔去，皮被剥下来，被铁杵砸，被下油锅，被毒蛇吸脑髓，被雄鹰啄眼球，什么苦楚都受尽了。然而刚强如杜子春，他几乎都要把牙咬碎，也没有发出一声。

这样的话，就算是阎罗王的小鬼们，也都束手无策了。杜子春再次被抛入暗黑的虚空，押回到阎罗殿前跪下。小鬼们纷纷上前禀告阎罗王，说杜子春丝毫没有开口的意思。

阎罗王皱起眉头，思考起对策来。终于，他似乎灵光一闪："他的父母应已落入畜生道，把他的父母带上来！"一小鬼得令，随即乘着一阵风，飞上了地狱的上空。没过多久，又化作一道闪光降落，赶着两头牲畜，登上了阎罗殿。

杜子春看到这两头牲畜，不由得大吃一惊。虽然它们看起来不过是两匹瘦马，但他认出，这就是自己在梦里也常常看到的，生身父母的脸。

"再不坦白你为何会坐在峨眉山上，这次就让你的父母尝尝苦头！"阎罗王的喝声，似乎要把阎罗殿震塌。

"行刑！把这两头畜生的骨头都给我打碎！"

众鬼得令，铁鞭便从四面八方，如雨点一般密集地抽来，带着"啾啾"的风声，毫不留情地打得两匹老马皮开肉绽。杜子春父母的化身，只能眼含血泪，发出让人不忍卒听的凄鸣。

阎罗王暂时让众鬼停下手中的鞭子。再一次问道："怎么，你还不坦白吗？"

此时那两匹老马，已经被打得皮肉碎烂骨头开裂，气息奄奄地倒在阎罗殿的台阶下。杜子春想着铁冠子的叮嘱，死命地闭住眼睛不去看。这时，他的耳边传来细不可闻的低语：

"别担心。不管我们变成什么样子，只要你平安就好，无论阎罗大王如何，你不想说的话，就不必开口。"

这无疑是已故多年的母亲的声音。杜子春马上睁开眼，一匹力尽倒地的老马，正满眼悲伤地注视着他。母亲哪怕身受如此的苦楚，被小鬼鞭打成这副惨状，还惦记着儿子，毫无怨怼之色。比起那些看风使舵，落井下石的小人，做母亲的爱子之情，是多么珍贵；护子之心，是多么坚毅。

此刻的杜子春忘了铁冠子的叮嘱，连滚带爬地跑到母亲身边，抱起那垂死老马的头颅，泪如雨下，终于喊出一声：

"母亲！"

六

　　呼唤母亲的声音还在耳边，回过神来，杜子春再一次沐浴在夕阳中，站在洛阳城的西门之下。漫天的晚霞、洁白的新月、来往不绝的人马车流，一如往昔，就好像他从未到过峨眉山。

　　"怎么说呢，就算成为我的弟子，也不一定成得了仙。"独目老人微笑着说着。

　　"我成不了仙的。现在我甚至觉得，成不了仙才好。"杜子春眼含热泪，不由分说握紧老者的手，"就算这是成仙的必经之路，我也不能眼看着我的父母，在阎罗殿受鞭刑之苦，却一言不发。"

　　"如果你真的没有出声。"铁冠子的神情陡然严肃了起来，他盯着杜子春的眼睛。

"我原本打算，如果你真的没有出声，就当场要了你的命。不过，如今你已放弃成为仙人，也对财富失去了兴趣，那么今后你打算做什么呢？"

　　"无论我将来做什么，都要像个人样，堂堂正正地生活下去。"杜子春的声音，从未像此时一般明快过。

　　"别忘了你说过的话。你我今日一别，便不会再见了。"铁冠子说着就要转身离开，可又突然停下脚步，转身面向杜子春。

　　"啊啊，对啰，我差点忘了。我在泰山南麓，有一处小房子，还有周围的田地，都是你的了。快搬去住吧，现在那里，桃花应该开得正好呢。"

大正九年六月

二

寒山拾得

久违地来夏目漱石先生家中拜访，只见他抱臂坐在书斋之中若有所思。于是我问先生怎么了，先生答道："现在护国寺的三门①，可以去看运庆②雕刻的仁王③呢。"

　　我想着，如今社会发展的浪潮迅猛如此，还管什么运庆作甚。于是抓着一派沉静的先生，聊起托尔斯泰、陀思妥耶夫斯基这些艰涩难懂的话题。从先生家离开后，我便从原江户川区的终点站上了电车。车上很挤，好不容易抓住了吊环，我掏出怀里揣着的英译本俄国小说读了起来。小说讲的是革命故事，工人先是不知怎么错了主意，引爆了炸弹，最后那个女角色又如何如何了，总之，前有万事箭在弦上，后有黑恶势力盘踞，

---

① 由江户幕府时期的第五代将军德川纲吉之母桂昌院所发愿，于 1681 年建造的寺庙，现位于东京文京区大冢五丁目。
② 活动于镰仓时代的僧人，雕刻佛像的大师。此处有暗示夏目漱石《梦十夜》相关内容之意。
③ 佛教形象，多以守门大将的姿态供奉在佛寺山门。

其精彩程度，日本作家中绝无能及其一二者。当然我自己也深受震撼，站着用彩铅笔在书上画了很多精彩文句。

饭田桥站是换乘站，我朝窗外看去，忽然发现行人之中，有两个奇怪的男人，衣衫褴褛，披头散发，胡子拉碴儿，怎么看怎么奇怪。这时，站在我身边的一个看起来像古董商的男人说道：

"呀，寒山和拾得①又来了。"

听他这么一说，再看那二人，扛着扫帚挑着包袱慢悠悠地踱步，果然就像从大雅②的画里跳出来的寒山拾得。不过，无论当今拍卖多么流行，人们再怎么熟悉画中的寒山拾得，看到货真价实的二人在饭田桥前闲逛，也是很不可思议的。我左思右想，还是拉了拉身旁那位古董商的袖子问道："那真是寒山和拾得吗？"然而那人却一脸稀松平常地答道：

"对啊。我前几天还在商业会所外面遇到他们了。"

"欸，我以为这两位早就死掉了呢。"

"怎么会，那可是普贤菩萨和文殊菩萨的化身哪。他们的老师丰干禅师③，现在还经常骑着老虎在银座大街上溜达哪。"

五分钟后，电车再次发动。我重新看起我的俄国小说，可

---

① 寒山与拾得，是唐代天台山国清寺隐僧，佛教史上著名诗僧，并称"寒拾"。行迹怪诞，言语非常，相传是文殊菩萨与普贤菩萨的化身。
② 指池大雅 (1723—1767)，日本书画大家。
③ 传说丰干禅师救回弃婴，并起名"拾得"。

看了不到一页，无论如何也无法集中精力。比起小说里的炸弹的浓烟，还是今天遇到的寒山拾得，更让我感到亲切。再次透过窗户向后看去，二人的身姿在视野里已经只剩豆大，可尽管如此，在通透的晚秋日光之中，他们扛着扫帚踱步的身影，依然无比清晰。

我还是抓着吊环，怀里揣着那本俄国小说，满心想的都是赶紧回到家里，把今天在饭田桥偶遇寒山拾得的故事，写信讲给漱石先生。

如此想来，漫步在现代东京街头的寒山拾得，也不是完全不可能的。

湖南的扇子

中国辈出的革命家之中，除了出身广东的孙逸仙，黄兴、蔡锷、宋教仁……很多都是湖南人。这一点固然得益于曾国藩、张之洞在湖南的熏陶，不过在这种熏陶之上，湖南民众自身强大的精神力与不屈的意志也是不能忽视的原因。我在湖南旅行时，遭遇了一件颇具戏剧性的小事，湖南民风之火热浓烈恰好可见一斑。

　　大正十年五月十六日下午四时左右，我乘坐的"沅江丸"号即将停靠在长沙的栈桥。我趴在左舷甲板的栏杆上，只见岸上湖南首府离我越来越近。阴天笼罩之下，山前码着一排又一排的青瓦白墙，尤其是狭窄的码头附近遍布的西式红砖洋房和叶柳，同饭田沿岸并无两样，甚至比我想象中还要寒酸。本来我对长江沿岸各大都市的憧憬已经幻灭，也一早做好长沙也是除了猪之外没什么好看的心理准备，但寒酸如此，仍然给我带来了近乎失望的体验。

"沅江丸"号尽职尽责地一点点靠近栈桥，视野里的长江口也在一点点收窄。这时，一个有些脏兮兮的中国人，挎着篮子还是什么别的东西，一下子直接跳上栈桥，那身手灵巧地活像只蝗虫，还没等我反应过来，他又扛着挑子跳过了水面。五人、八人，越来越多，眼看着数不清的中国人扎堆往栈桥上跳。不知不觉间，船已然停靠在岸，在那红砖洋房与叶柳间显得格外惹眼。

我终于离开栏杆，下船寻找社友 B 先生。B 先生在长沙已有六年之久，今天特意来"沅江丸"号接我。但舷梯上满是老老少少的中国人，你挤我我挤你，嘴里嚷嚷不休，实在很难从中找出 B 先生。一个老绅士，往下走着走着，还不忘回过身捶一下身后跟着的苦力。对从长江一路逆流而上的我来说，这并不算什么新鲜事，更不能算作长江带给我的惊喜。

我又回到了甲板上，趴在栏杆上朝人山人海的码头远眺，别说满心盼望的 B 先生了，连一个日本人都找不出来。这时，我发现栈桥的方向，一位中国美女站在茂盛的叶柳下，她身着水色夏衣，胸前还挂着纹章一类的东西，有些孩子气。我的眼睛多少有些离不开她了，可她却一直看向更高的那层甲板，红艳的嘴唇漾着笑意，手里折扇半开遮在头顶，好像在和谁示意……

"嘿！"

我吓了一跳，身后不知什么时候来了一个穿着鼠色长衫的中国人，看起来亲切又热情。我一时想不起他是谁，忽而，这张脸和记忆中一位眉毛稀疏的旧友重合——

"啊，是你！对啊，你是湖南人来着。"

"对，我在这当大夫。"

这人名叫谭永年，和我是同期，从一高升学到东大医学部的留学生中的翘楚。

"你今天来接谁？"

"谁？还能有谁，你以为呢？"谭抿嘴狡黠一笑，"就是来接你的，B先生大约一周前得了疟疾。"

"所以是他拜托你来的？"

"就算他不说我也会来的。"

我想起此人从前的种种好处来。学生时代我们同住宿舍时，大家对他的印象都很好。就算有人说他坏话，那些恶评也是言过其实——该考语来自当时和我们同寝的菊池宽。

"那岂不是给你添麻烦了，我还请B先生帮我找住处来着……"

"你就住日本人俱乐部，住个一个月半个月都没问题。"

"一个月？别逗了，让我住三天就心满意足了。"

"就住三天啊。"亲切的谭君一脸震惊。

"啊，要是遇上砍土匪的头这种稀奇事，那就另当别论……"我这样回答着，脑海中想象长沙人谭君听到后严肃起来的反应。

然而，他还是一脸亲切，毫不犹豫地回答："你要是早来一周就好了，那边那块空地才处决过——"

谭君所指，就在红砖洋房附近，那棵茂盛的叶柳下，但刚刚那位美人已经不在了。

"一下子砍了五个人的头，看，那里有条狗……"

"真遗憾啊。"

"毕竟日本看不到砍头嘛。"大笑过后，谭稍稍收起不正经的话题，一脸认真地说：

"那我们走吧？车已经在那等着了。"

第二天是十八号，下午谭邀请我去湘江西岸岳麓山上的麓山寺、爱晚亭逛逛。我们坐着汽艇，绕过被日本人称作"中之岛"的三角洲，在两点左右靠岸，两岸的风景在五月的天光中格外鲜明。右岸的长沙城，那些日光照耀下的青瓦白墙，完全不见昨日的破败之气。三角洲上有着长长的石墙，柑橘科属的树木茂盛非常，朝那些遍布四处的精致洋房看去，屋与屋之间悬吊的晾衣绳都闪烁着光彩，活灵活现。谭因为要引导年轻的船头，时刻占据着船艏的位置，却不忘和我聊天：

"那里就是日本领事馆……给你这个观剧望远镜……看，右边就是日清汽船公司。"

我叼着烟卷，时不时一只手伸出船外，用指尖感受湘江的流水，以此为乐，此时谭的声音是我耳边唯一的噪声，不过跟着他的指点观赏两岸风景也不算坏事。

"这个三角洲就是橘子洲吧……啊，听！有鹰在叫。"

"鹰？……嗯，鹰也很多呢。当时，张继尧[1]和谭延闿打仗的时候，张的部队里不知道有多少死人顺着江水流下来，有时一具尸体上站着两三只鹰……"

就在谭讲这些的时候，另一艘汽艇在离我们五六间[2]远的地方驶过，上面坐着两三位身着华服的中国青年、妆容精致的中国女子。比起这些中国美人，我更愿意一直看着船不断激起的大浪。谭的故事还没说完，一看到那些人，好像见了仇人，赶忙把观剧望远镜塞到我手上。

"你看那个女的，那艘船上坐着的那个。"

"干什么？"我这个人，似乎是从父母那里遗传来的秉性，只要一被催促，马上就会执拗起来。更何况前面那艘船带起的浪把我们这艘船淋了个遍，就连我袖口都湿了。

---

① 芥川提及的实为张敬尧，湖南军阀。
② 日本计数房间的量词。

"哎呀你别管，你看那个女的，大美人吧！"

"啊，确实，确实。"

不知不觉间，两艘船已经相距十间之远，我终于可以正过身子来，好好调整望远镜的焦距，拉近镜头的同时，我有一种把船一下子拉到眼前的错觉。镜头圆圆的视野里，是"那位美女"微笑的面庞，她似乎正在侧耳倾听谁的讲话。四方下巴，除了眼睛大一点，实在看不出特别漂亮的地方，但那在江风里翻卷的刘海儿和浅黄色夏衣，远远看去也确实不赖。

"看到了吗？"

"嗯，睫毛都看得清清楚楚，不过也没那么美嘛。"我再次看向一脸得意的谭。"那女子怎么了吗？"

"记得昨天我跟你说过的，栈桥前那片空地有五个土匪被砍头吗？"谭一反滔滔不绝的常态，悠悠点起烟卷，反问我道。

"啊，我记得。"

"他们的头儿叫黄六——啊啊，也被砍头了。听说他左手手枪右手步枪，同时射杀了两人，是湖南臭名昭著的恶棍……"谭一口气讲了黄六生平的诸多恶事，大多数都是从报纸上现学现卖的，不过万幸的是这些故事的浪漫色彩多过血腥，诸如被走私犯尊称为黄老爷、抢了湘潭某个商人三千大洋、在腿部中弹的情况下扛着副手樊阿七游过了芦林湖、在岳州的山道里射杀了十二名步兵……谭几乎带着一股崇拜之情，兴致勃勃地讲着，"不管怎么说，杀人掳掠的事他也干了百七十件。"谭时不时穿插这样的解释，我自己因为未曾受害，对于土匪也绝无厌恶之情，不过这种大差不差的所谓英雄事迹，听得多了自然也觉得有些无聊。

"现在你猜，那女的是什么人？"谭笑嘻嘻地问，给出了我预想中的答案——

"是黄的情人哟。"

"嗯，毕竟土匪也有潇洒的一面嘛。"我实在打不起精神来，给不出什么惊讶的反应，依旧面无表情地叼着烟卷。

"嘿，黄这种都不算什么。前清末年的时候，有个蔡姓强盗，一个月净收入就有一万多元，都能在上海租界外头盖洋楼，别说情人了，就连妾都不知道有……"

"那这女子是哪里的妓女吗？"

"对，叫玉兰。她在黄还活着的时候，那叫一个豪横啊……"

谭好像想起了什么，忽而噤了声，脸上浮起一丝笑意，接着他扔掉烟卷，又认真地唠叨起来。

"岳麓那里有个湘南工业学校，先带你参观那边吧？"

"嗯，那就去看看呗。"

我内心毫无波动，敷衍回答着。因为昨天参观的一所女校里，排日氛围不是一般的浓重，让我感觉很不舒服，但汽船可不管我有多别扭，仍然朝着"中之岛"一路猛冲过去，水面上晴空依旧……

当晚，我随谭登上了一所妓馆的楼梯。二楼房间里，中央安置的桌椅、痰盂、衣柜，和上海或汉口的娼馆别无二致。不过这间屋子的天井一角，挂着一只铜丝工艺鸟笼，悬在玻璃窗前。笼中有两只松鼠悄无声息地攀着横木上来下去，窗门都垂着赤红洋布帘子，这一切确实新奇，却又让我有些压抑。

迎接我们的是一位矮胖的老鸨。谭一见她便开始演讲一般大说特说，那老鸨也撒娇似的圆滑应对，不过我是一句也听不懂。（我不懂中文，不过就算是听得懂北京官话的人，想要听懂长沙话也没那么容易。）

谭和老鸨讲完，和我一起面对面坐在红木桌前，在老鸨送来的活字印刷的局票①上写起妓女的名字来。张湘娥、王巧云、含芳、醉玉楼、爱媛媛……在身为旅行者的我眼里，净是一些常出现在中国小说里的女主人公名字。

"也叫上玉兰吧？"

我没回答，只是就着老鸨的火点燃了卷烟，可谭看了我一

──────────

① 旧时用以召唤妓女的字条。

眼，毫不犹豫地大笔一挥写了上去。

这时，一位戴着金丝眼镜，面色红润的妓女大大方方地向我们走来，钻石在她的白色夏衣上摇曳生辉。她生得一副网球或游泳运动员的体格，可在我眼里，也无法判定什么美丑好恶，只觉她和这个房间的氛围，特别是那个养着松鼠的笼子极不搭调。她先是微微垂目行了一礼，便蹦蹦跳跳地来到谭的身边坐下来，一只手放在他膝上说着什么，声音婉转动听。而谭呢——自然是一脸得意，嘴里嗯嗯啊啊地答着。

"这是这家的妓女林大娇。"这时我才想起，他是长沙为数不多的富家子弟。不消十分钟，一桌以蘑菇、鸡肉、白菜为主的川菜晚宴便呈上来，除了林大娇外，更多的妓女围了上来，五六名戴着鸭舌帽的男人在我们身后架好了胡琴，时不时会有妓女就着调子高声唱上一段，不得不说是一种享受，可比起京调党马①、西皮汾河湾，还是坐在我左边的那位妓女更能引起我的兴趣，正是那位在"沅江丸"号上匆匆一瞥的美人，那个纹章似的东西仍然挂着她的水色夏衣前胸，虽然她脸上带着羸弱之气，可意外地毫无青涩懵懂，近距离看着她的脸，让我想起背阴的地里生长的小小球根。

"她叫含芳。"和我之间隔着满满一盘大虾的谭，脸被老酒

---

① 此处应为"挡马"，又名《杨八姐打店》，昆曲单折武戏，出于清代乾隆时期的乱弹腔。

熏得通红，依旧一脸亲切地告诉我。我看着他的样子，忽然不知为何，不想告诉他那是我前天见过的女子。

"她的声音真好听，说 R 的时候，发音很像法国人。"

"嗯，因为她是北京长大的。"

含芳自己好像也看出来我们在聊她。她利落地和谭一问一答，时不时飞快地看我一眼。这时的我仍然是哑巴一个，全靠看着两人的神情去猜。

"我跟她说你前天才到长沙，她说她前天正好也去码头那边接人来着。"谭跟我翻译完，又去跟含芳说了什么，这时一直微笑着的含芳，忽然像个孩子一样"不要、不要"地推拒。

"哼，就是不肯坦白到底去接谁了。"

突然，林大娇夹着卷烟的手指戏谑地点向含芳，不知说了什么。含芳显然是一怔，突然压上了我的膝盖，接着她又微笑起来，回了一句什么。这场闹剧——或者说这场闹剧背后，使得她们剑拔弩张的真正原因，实在让我无比好奇。

"喂，她们说什么呢？"

"她说不是其他人，她是去接妈妈的。然后别人说她其实是去接一位这儿的，叫作 ××× 的先生？长沙一个唱戏的，今晚那人也在。（不巧我没有记下那人的名字。）"

"妈妈？"

"不是亲生母亲，就是养着她和玉兰这些人的鸨母。"谭急匆匆地打发了我，又在一杯老酒的煽动下，滔滔不绝地说起来，而我除了"这个这个"，一句也听不懂，可妓女和鸨母好像都听得兴味索然，有时她们会看向我，好像他正在说起关于我的事，我开始焦躁起来，没法就这样在众人的注视下坦然地叼着烟卷。

"你这人！说我什么呢！"

"哎呀，就是说我们那天去岳麓遇到玉兰的事嘛，那之后……"谭舔了舔上嘴唇，更加起劲地说，"我跟他们说，你想看砍头来着。"

"什么呀，无聊。"这种事情别说还未露面的玉兰，面对她的友人含芳，我也并不觉得有什么不好意思。只是那天第一眼看到含芳，我的头脑便完全可以理解她的心情。这时的她，耳环摇曳，膝上的双手藏在桌下不停地绞着手绢，又松开。

"那这个还无聊吗？"谭从身后老鸨的手里拿起一个纸包，得意扬扬地揭开，那里面包着一枚浸着巧克力色的，仙贝大小的东西。

"那是什么？"

"这个呀，这是一块独一份的饼干。……刚才我们不是说起那个土匪头子黄六吗？这上浸着黄六砍头之后流下的血，这才是日本看不到的东西。"

"这种东西拿来做什么？"

"还能用来做什么？吃呗。现在这一带的人还认为，吃了这个之后能无病无灾呢。"

谭一脸爽朗地笑着，和在这时离席的妓女们道别。可当他看到起身要走的含芳，马上又装起可怜来挽留她，接着还伸出一只手指向我。含芳犹豫了一下，又微笑起来，坐回了桌边。她实在是可爱，我终于趁着众人不注意，握住了她的手。

"这种迷信实在是国耻。我作为医者，也从未停止劝解，可是……"

"只是因为有斩首之刑存在吧。日本人还会吃烧焦的脑子呢……"

"天哪。"

"嗯，真的有，我也吃过，一般是孩子吃得多一些。"

说话间，我发现玉兰来了。她和老鸨站着说了一会儿话，坐在了玉兰旁边。谭看到玉兰来了，马上不管不顾地跟她亲热起来。此时的她看起来比在外面的时候更美，每当她笑起来，露出的如同白釉一般的牙齿实在迷人。可我看着那排牙齿，想到的却是松鼠。那两只松鼠仍在垂下红棉布帘的窗前悬挂的鸟笼里，溜溜地上蹿下跳。

"怎么样，来一口？"谭掰下一块来，那断面的颜色也是黑的。

"别开玩笑了。"我断然摇头，谭大笑起来，又拿着这块饼干让林大娇吃。林大娇神色一凛，略显不悦地按下了谭的手。之后他又这样戏弄了另一个一直跟他谈笑的妓女。最终，那褐色的一小块突兀地出现在一直端坐不动，面容姣好的玉兰面前。

我突然非常渴望闻一闻那饼干的气味。

"喂，给我也看看。"

"啊，这儿还有一半呢。"谭完全一副酒鬼做派，把剩下的半块扔给了我。我从碟子和筷子之间把它挑出来，拿到手里，可突然那股想要闻一闻的渴望消失了，终于它还是被我默默地扔到了桌下。

玉兰看着谭，二人交谈了片刻，接着她接过饼干，对着注视着她的一桌子人，飞快地说了什么。

"怎么着，帮你翻译一下吗？"谭撑着脸颊，阴阳怪气地问我。

"嗯，帮我翻译下。"

"那你听好，我逐字翻译给你呀——我很乐意吃下黄老爷……我所爱之人的血。"

我感到自己身体的战栗，来自放在我膝头的含芳颤抖的手。

"也希望你们，像我一样……像我一样，吃下心爱之人的骨血……"

谭话音未落，玉兰美丽的牙齿，已经咬下了一片饼干……

我按照计划，在三天后的五月十九日，傍晚五时出发，再一次登上熟悉的"沅江丸"号，靠在甲板的栏杆上。青瓦白墙砌起的长沙，此时却使我毛骨悚然，这种感觉自然受到了不断逼近的暮色的影响。我叼着烟卷，想起亲切的谭永年，可不知为何，他没来给我送行。

"沅江丸"号在七点到七点半之间从长沙起航。我在灯光昏暗的舱室里计算这几天的花销。我面前放着一柄不足二尺长，尾缀桃色流苏的扇子，是上一个住在这个舱室的人落下的。我手上的铅笔未曾停下，脑海里再次出现谭的脸，我还是不明白他为难玉兰的原因——不过我的这几天的花销，换算成日元的话，刚好十二元五十钱。

二

黄粱梦

我死了，卢生这样想到。

眼前逐渐黑了下去，儿孙啜泣的声音逐渐远去，脚上传来的感觉，就像挂了看不见的秤砣，拉着身体不断下沉、再下沉——

接着他猛地一惊，睁开了双眼。叫作吕翁的道人，仍然坐在自己枕边。旅馆主人灶上的黍米，还没有煮熟。

卢生从青磁枕上抬起头，揉了揉眼睛，伸了个大大的懒腰。秋日照在光秃秃的树梢，邯郸的午后已有些许寒意。

"你醒啦。"吕翁嘴里咬着胡子，强忍笑意说道。

"啊。"

"做梦了吧。"

"做梦了。"

"是什么样的梦？"

"很长的梦啊。一开始我娶了清河崔家的女儿，是个极美丽娴静的女子。第二年，我中了进士，任渭南尉，后来接连出任监察御史、起居舍人加知制诰①，后来仕途更是一帆风顺，官至中书门下平章事。可被奸人所害，得人相助被流放到驩州②才捡回一条性命。五六年后沉冤得雪还朝，受任中书令，封号燕国公。这时的我已是高龄，五个儿子都开枝散叶，孙子也有数十个了。"

"后来呢？"

"我死了。应该是八十岁那年死掉的。"

"如此说来，不错。尊荣困顿，你都已经历过了。人生种种，同你梦中所见也所差无几。现在，你对人生的执着，也该淡下来了吧。遍观得失之理、死生之情，终究无聊至极，不是吗？"吕翁抚着胡须，一脸得意地说道。

已经不耐烦的卢生听到这里，却又充满朝气地抬头，目光炯炯地说：

"正因为知道梦定会终结，才让人更想活一遭。正如此梦已醒，我的人生这场大梦，也会有醒来的那一刻，但我还是想毫不后悔地活一遍，至少在梦醒之前，能堂堂正正地说，我确

---

① 古代官名，有起草诏令职权。
② 中国古代行政区划名，今越南义安省荣市。

069

实活过。你不这么想吗？"

　　吕翁的神情陡然严肃起来，却未置可否。

大正六年十月

二

酒虫

一

好多年没有过这么热的夏天了。向四周望去，家家户户泥瓦覆盖的屋檐，粗糙如铅，模糊地反射着日光。檐下燕巢里的蛋和幼鸟，几乎都要被暑热活活蒸死。无论水田旱田还是麻地，都蔫蔫的不见一丝青绿。田地上方，一半是晴空，而靠近田地的空气，就像是被地上的暑热煎烤一般，混浊一片，厚重的乌云不断搅起气泡，就像在酝酿一场冰雹。酒虫的故事，就是在这样一个炎热的晴天，发生在打麦场的这三个男人身上。

奇怪的是，其中一个男人光着身子，仰面朝天地躺着。手脚都被细麻绳绑在一起，看上去却并不痛苦。就在这气色红润、胖得像猪的笨重矮个子男人耳侧，放着一个不大不小、不知里面盛着什么的陶瓶。

另一个人，身着黄色法衣，戴着小小的青铜耳环，一看就是个相貌奇特的沙门。从他皮肤黝黑，须发微卷来看，应该是葱岭①以西人士。他执着地拿着朱柄拂尘，帮睡着的男人赶蚊子。赶着赶着，他看起来也有些累了，于是来到放着陶瓶的那边，像模像样地端详起来。

最后一个儒者打扮的人，离得这两人远远地，站在打麦场一角的小草房檐下。他下巴上蓄着鼠尾一般细的胡须，身上罩的布袍几乎要垂到地上，茶褐色的衣带也低低地系在腰间。他手里拿着洁白的羽扇，时不时庄重地拿起来扇一扇。

三人都像事先约好一般，一言不发，甚至动也不动，充满期待地等着某件事发生，一时间，所有人气息都好像停滞了。日值正午，狗也睡着了，不再吠叫。日光静静地照着打麦场里收割上来的麻与黍。打麦场上方的天空，仍然艰难地蒸腾着热气，聚集的乌云似乎也渐渐在这暑热中静止了。放眼望去，四周喘气儿的活物只有这三个男人。而他们又像关帝庙里供着的泥塑一般，保持着静默。

当然，这并不是在日本发生的故事。这是发生在中国长山②，一户刘姓人家的打麦场里的一桩夏日奇事。

---

① 波斯语，指帕米尔高原，古丝绸之路在此经过。
② 山东省的一个县。

二

　　大热天里一丝不挂躺在地上的，正是这打麦场的主人，姓刘名大成，乃是长山一带屈指可数的富豪之一。他最大的乐趣就是喝酒，从早到晚酒盏不离手。更有甚者，每每独酌，必饮尽一瓮，其酒量绝非常人可比，再加上坐拥三百亩良田，更不用为酒钱发愁了。至于他为什么大热天光着身子躺在地上，自有其缘故。

　　一天，刘大成和他的酒友孙先生，也就是上文那位手持白羽扇的儒者，一起在阴凉的房间里，倚着竹夫人①乘凉、下棋。

　　对弈正酣，有丫鬟进来通传："宝幢寺的僧人，无论如何

① 又叫青奴、竹奴，中国民间夏日取凉用具。可拥抱，可搁脚，长 1 米左右，是用竹篾编成的圆柱形物，中空，四周有竹编网眼。

都想见您一面，您意下如何呢？"

"宝幢寺？"刘大成仿佛被光晃到，眯起了他的小眼睛。思虑片刻，终于支起他那肥胖得一看都热的身体回答："那就请长老到这里来吧。"又对孙先生道："应该是那个住持。"

宝幢寺的住持，是西域来的番僧，在医术和房中术上颇有声誉。经常有传言说，什么张三的眼疾、李四的病魇，在他手下瞬间就好了。此番特意来访所为何事，刘大成也无从得知。

就像前文所说，以刘大成的性格，并不是个好客的人。但是，在已经有一位客人在，又有新客到访的情况下，他还是会高高兴兴地接待客人。所以，这个番僧无论在哪种领域有着怎样的名声，接待他也不是丢面子的事。这是要在客人跟前，展现自己"客人拜访不断"——一种小孩子般的虚荣心。刘大成肯接待这个番僧，大抵正是出自这样的心理。

"会是什么事呢？"

"肯定是来乞食的，张口就要化缘罢了。"

二人说话间，丫鬟已经引人来到跟前。果然是个长身异人，两只眼睛如紫水晶一般，身披黄色法衣，浓密的鬓发垂至肩膀，手持朱柄拂尘，就这样站在房间正中，既不开口，也不行礼。刘大成见此，稍稍犹豫了片刻，开始不安了起来。于是发问："长老有什么事吗？"

"你喜欢喝酒吧？"番僧即答。

番僧问得突然，刘大成也不知所措，回答一声"是"后，求助一般地望向孙先生。可孙先生看起来并不为之所动，反而装模作样地落下一子，完全没有接茬的意思。

番僧严肃地说道："其实这是你患上的一种非常奇特的病，你可知道？"

一听是病，刘大成的神情陡然讶异了起来。

"病？"

"没错。"

"不对啊，小的时候喝酒也……"

"小的时候喝酒就不会醉，可对？"

刘大成偷偷瞄了番僧一眼，沉默了。事实上，现在的他也喝不醉。

"这就是病症啊。"番僧笑着说，"你的腹中有酒虫，酒虫一日不除，你的病就一日不会痊愈。贫僧今日来此，正是来治你的病的。"

"能治好吗？"刘大成不由得发出没什么把握的声音，回过神来，自己还有些不好意思。

"如果没有把握，贫僧不会到此。"

到此为止一直默不作声的孙先生，急忙插话道："那么要准备什么药呢？"

"不需要准备。"番僧不耐烦地答道。

孙先生向来不喜佛道二教，并没有什么理由。所以若和僧道同席，向来惜字如金。今日主动插话，也是出于对酒虫的好奇。听闻这是病，不由得联想到爱喝酒的自己腹中是否也有酒虫，忽而担心起来。但是看到僧人不情不愿的敷衍，马上觉得自己被轻视了，一边腹诽和这种傲慢的和尚见面的刘大成就是个傻瓜，一边再一次沉下脸，一言不发地下起棋来。

可刘大成自然不会在意这些，于是又问："那么，需要施针吗？"

"不，不需要这么麻烦。"

"那您要作法？"

"也不需要。"

如此几个来回之后，番僧向刘大成具体地解释了疗法。也就是，光着身子被太阳晒个透。如果这么简单就可以治好的话，接受一下治疗也没什么大不了。然而或许刘大成自己也没有意识到，他心中对于单纯被蛮僧医治这件事，还是隐约抱有一丝好奇和期待的。于是他终于低下头答道："那就有劳长老了。"

这便是刘大成在这暑热的天气里，睡在打麦场这件事的由来。蛮僧一边说着绝对不能动，一边用细绳将他的手脚一圈又一圈地捆住。又让侍童拿来一只装满酒的陶瓶，放在刘大成耳边。他的糟丘酒友孙先生，也受到了好奇心的驱使，决定奉陪，观摩这一奇妙的疗法。

　　然而，酒虫究竟为何物，祛除后会有什么后果，放在刘大成耳边的陶瓶有何用处，除了番僧，谁都没有答案。刘大成在什么都不知道的情况下，就这样贸然在大热天里脱光了衣服任听番僧处置，看起来实在愚蠢。不过事实上，就算是如今受过学校教育的我们，大抵也会做出同样的决定吧。

三

　　好热。刘大成的额上涌出豆大的汗珠，温温热热地流进眼睛里。可偏偏他的手脚都被缚住，根本无法擦拭。他本想动一动头来改变汗流淌的方向，可又猛烈地眩晕起来，只好作罢。于是汗液从眼眶溢出，经过鼻翼和嘴角，从下巴淌下，浸得他难受极了。睁开眼睛，便是骄阳之下发白的天空和叶子凋落的麻地，汗水还是止不住地流下来，这时的刘大成开始想要放弃了，他第一次发觉，原来汗水进到眼睛里是这么刺痛。他原以为，自己只要像只待宰的羊羔一样乖乖躺在日头底下，闭上眼睛晒个透就好了，可现在无论是脸还是身体，乃至部分皮肤，都渐渐痛了起来。这种刺痛根本不全是因为汗出得多，就像是有一股无名的力量向四面八方拉扯全身，而皮肤却没有能够支撑这股力量的弹力，真是无法形容。

于是，刘大成对番僧的治疗，也逐渐产生了厌恶的情绪。而更要命的是，比起口渴，这些痛苦都不算什么。听闻曹孟德引得军士望梅止渴，可他现在就算努力回想梅子入口的酸味，也丝毫没有缓解。无论怎么缩回下巴搅动舌头，口中的燥热丝毫不减。

况且，如果耳边没有那个盛着酒的陶瓶，那还好过一点。酒香不间断地从瓶口飘进刘大成的鼻孔里，而且不知是不是错觉，香气还越发浓烈。他想，哪怕看看瓶子也好，于是努力地抬起眼睛，也只能看到瓶口和他肥胖身躯的一半，可在他的脑海中，已经可以窥见幽深的瓶中那金黄色的酒液，泛着鲜艳的光泽。不知不觉间，他连舔舔干裂的嘴唇的唾液都没有了。汗也已经被太阳蒸干，不再像之前一样流淌。

强烈的眩晕重复了两三次，进而头又剧痛起来。刘大成对番僧的怨念越来越深，也埋怨自己像个傻瓜一样轻信他的胡扯，平白遭这份罪。他越来越口渴，与此同时，胸口突然开始闷堵了起来。刘大成再也忍不了了，于是抬起头，喘着粗气，想喊番僧停止治疗。

可他刚张开嘴，就感觉一个块状物从他的胸口反上喉头，就像是蚯蚓或者蜥蜴壁虎，总之是某种柔软的生物，从他的食道一点一点地蠕动上来，一直到喉结处，似乎被卡住了。于是那像泥鳅一样的东西，终于铆足了劲，一口气从黑暗中脱出。

紧接着，之前盛酒的陶瓶里，发出一声什么东西落入的轻响。番僧赶紧抬起屁股，扶起刘大成，解开了绳子，并安慰他酒虫已经去除，大可安心了。

"出来了呀……"

刘大成呻吟着，努力抬起摇摇晃晃的脑袋，也不顾自己光着身子，忘记了口渴，赶紧凑上前去看那传说中的酒虫。孙先生见状，也赶紧拿起白羽扇挡着阳光跑过来。三人拿起酒瓶一看，一条肉色的，柔软如印泥一般，眼口俱备，只有三寸长，类似小山椒鱼的虫，一边游动，一边不断喝着酒。刘大成见状，突然一阵恶心……

四

番僧的治疗可谓立竿见影。从那天开始，刘大成一点酒都喝不了，现在连闻到酒味都不行。但不可思议的是，刘大成的健康状况，却一点点变差了。吐出酒虫后的第三年，刘大成已完全不见当年肥胖圆滚的模样，脸色越来越差，只剩油腻腻的皮贴在颧骨上。像被霜打过一样的鬓发，只剩下太阳穴上的一圈。一年里，不知多少次卧床不起。

不过，不只刘大成的身体，他的家境也每况愈下，曾经的三百亩良田，也多转卖于他人了。从未下过地干活的刘大成自己，如今只能生疏地拿起锄头，没日没夜地耕种过活。身体衰弱，产业凋零，和吐出酒虫存在着如此鲜明的因果关系，任谁都会生疑。现在这件事已经在长山一带三教九流之中传遍了，也生出了许多不同的见解。在这里就列举最具代表性的三种答案：

其一，酒虫不是病，是刘大成的福。只不过遇到了这个愚蠢的番僧，不幸地失掉了这等天赐之福。

其二，酒虫是病，不是什么福气。要问为什么，动辄就喝光一瓮酒，无论如何也不是什么正常的事。酒虫不除，照这么喝下去，刘大成一定活不长。比起死掉，现在他的处境不如说足够幸运了。

其三，酒虫对于刘大成来说，非福非病。他一直嗜酒如命，他的生命里除了酒之外再无其他。如此说来，刘大成就是酒虫，酒虫就是刘大成。所以刘大成祛除了酒虫，就等于杀死了自己。所以，不能喝酒的日子里，刘大成已经不再是他自己。既然他已经失去了自我，那么无论失去健康还是家产，都是理所当然的。

这三种答案之中，哪一种最合理，笔者也无从得知。笔者也只是仿照中国小说家的教化观念，将这三种道德判断列举在最后，供读者参考。

五年四月[1]

---

[1] 指大正五年四月。

二

母亲

一

西洋式的粉刷，和式的地席，上海特有的旅馆装潢从这二层的房间一隅可见一斑。首先进入视野的便是青空蓝的墙壁，接着是崭新的一张张地席，最后是梳着西式发型的女子—— 一切轮廓都在冰冷的光线中清晰地刻入视野。看女子的背影，她手里似乎正忙着什么针线活。披着有些土气的铭仙羽织的肩上，散落着从前额垂下的碎发，掩住苍白的面颊。薄薄的耳廓透着光，甚至掖在耳后的碎发也隐约可见。

外面还在下着雨，除了隔壁婴儿的啼哭声，整个房间保持着一片单调的静寂，甚至绵延不绝的雨声，也只是让这份单调更加深重。

"老公。"数分钟的沉默过后，女子淡淡地呼唤道，手里的活计却没停。

女子的丈夫身穿丹前羽织，远远地趴在一边，埋首于英文报纸。他似乎完全没听见妻子的呼唤，抬手掸了掸烟灰，没有抬眼。

"老公。"女子又叫了一声，这次她放下了针线。

"怎么了？"男子蓄着短须的嘴动了动，抬起他那活动家一般的圆滚滚的胖脑袋，显得有些不耐烦。

"这间房……这间房还能换吗？"

"换？咱们不是昨晚刚搬过来吗。"男子惊讶地看向妻子。

"是刚搬来……但是还是之前的那间更亮堂吧。"

男子想起那个采光极差的三层的房间，墙漆剥落、地席变色、垂着花棉布窗帘，窗前不知多久没浇水了的天竺葵上已经积了厚厚的尘埃，窗外始终脏乱的胡同里，总有戴着草帽的中国车夫，无所事事地闲逛，他顿感压抑起来。

"你不是不喜欢之前那间吗？"

"是，但，搬来这里之后一看，这里也不是很喜欢。"女子放下拿针的手，忧心忡忡地望向丈夫，她的眉头紧皱，那是一张眼角尖而长，透着某种锐利的面孔，可从那眼周一圈不自然的深色来看，这些年来她吃过的苦可想而知。就是这样一张略显病态的脸，即使在说一些稀松平常的事，也会显得格外激动。

"老公，再换一个吧？行不行？"

"但现在这间要比之前的亮堂得多，也宽敞得多，几乎无可挑剔……你到底哪里不满意呢？"

"也没什么特别不满意的地方……"女子答不上来，有些犹豫，可又鼓起勇气，重新央求丈夫，"就是不行吗？"

男子吹了吹报纸上散落的烟灰，不置可否。屋内再次回归静寂之中，窗外雨声仍未断绝。过了一会儿，男子仰面翻了个身躺倒，自言自语起来。

"春雨呀……"

"要是搬去芜湖，就写写俳句吧。"

女子并未接茬，重新开始手上的活计。

"芜湖那里要比你想象的好多了……首先员工宿舍都很大，院子也宽敞，里面花花草草也保养得很好，再怎么说那可是原来的雍家花园——"

男子突然噤了声，原本安静的房间里悄然响起啜泣的声音。

"敏子——"他唤住妻子，啜泣声随即止住片刻，又断断续续地传来。

"哎，敏子。"男子赶紧爬了起来，双肘交叠撑起半个身子，慌张地望向妻子。"咱们不是约好再也不抱怨了？别哭了呀，哎呀——"男子稍稍抬起眼，"是不是有什么不痛快？是不是想回日本了？不想待在中国，不想去乡下？"

"不，不是那样的。"敏子流着泪，意外地强行打断了丈夫，"你去哪，我就去哪，这一点我向来毫无怨言，但——"

敏子咬着下唇，紧闭双眼，想止住泪水。那苍白的面颊上，正燃起一股看不见的压迫感。颤抖的双肩，被泪水打湿的睫毛——男子望着妻子，这一瞬间，他没来由地被妻子的美丽所震撼。

"但……我就是不喜欢这间房子。"

"是呀，所以我刚刚就说，你是为什么讨厌呢？你得说出来，这样才——"

男子说着，发现敏子正盯着自己。妻子的泪水中闪现的，是混杂着敌意的悲哀。敏子到底为什么讨厌这间房子？男子不禁在心中发问，与此同时，敏子心里也想问丈夫同样的问题，自己为什么不喜欢这间房子？男子望着妻子，几次欲言又止，可当他刚把话咽回去，数秒之间，便露出了恍然大悟的神情：

"是因为那个呀……"男子似乎刻意在掩饰自己的动摇，干巴巴地说，"那个我也很在意。"

敏子听着，眼泪止不住地落到膝上。窗外，夕阳已被笼罩在雨幕之下，蓝色的粉墙对面，婴儿的哭声破开雨声，依旧源源不断地穿墙而来……

二

二楼的飘窗沐浴在朝阳的光辉中，对面的三层小楼背对日光，红砖上已生出薄薄一层青苔。若站在阴影里的走廊从飘窗向外看，就像在看一幅巨大的画，结实的槲木窗框，正像是画框一般镶在墙上。画正中间，正面向看客，织一只小小的足袋①。那女子要比敏子年轻些。雨后的日光格外明亮清澈，流淌在她披着华丽的大岛羽织的丰满肩头，些许反射在气色红润的脸上，就连唇上生着的细小绒毛，也透着细微的光。

中午十一点不到，这是旅馆一天之中最安静的时候。无论是做买卖的还是游客，抑或租客，这个时候大抵都外出了。住在这里打工的，自然不到半夜是回不来的，长长的走廊里，只

①　本来是古汉语称袜子，后来在日语里变成专指分趾的袜子和鞋。

有女佣的脚步声偶尔回荡其间。

这时，远处传来脚步声，越来越近，一位四十上下的女佣端着红茶茶具，从飘窗对着的走廊走来，如同皮影一般在画中出现。要是女子不出声，那女佣可能根本不会发觉，就这样经过。

"阿清？"

女佣闻声，稍稍颔首招呼，退回飘窗的方向：

"哎哟，真是不得闲——小少爷呢？"

"我们家的小少爷？正睡着呢。"女子停下织针，露出孩子般的笑容，"阿清啊，其实有的时候吧……"

"怎么了？看您一脸严肃。"日光直射在女佣的围裙上，黑眼珠被照得透亮，带着笑意。

"隔壁的野村夫人……是姓野村吧，那位夫人？"

"是呀，野村敏子夫人。"

"敏子夫人？那和我同名呢。他们家已经离开了吗？"

"没有，大约还要再停留五六日。这之后，似乎是要到芜湖去……"

"但我之前经过，隔壁好像已经没人了。"

"是，因为昨晚突然换到三层去了。"

"原来如此。"女子似乎想起什么，轻轻偏过圆圆的面庞，"就是她吧，一到这里就失去孩子的那位。"

"是呀，真可怜，虽然当时马上就送医院了。"

"原来孩子是在医院没的，怪不得我这什么都不知道。"女子除去刘海儿的眉间略有一丝忧郁神色，然而不消片刻，快活的微笑又回到了她的脸上，她开玩笑似的给女佣使眼色：

"好啦，我都知道了，你可以走啦。"

"您可真过分。"女佣不由得笑了起来，"虽然您这么无情，但老宅来电话的话，我还是会向老爷保密的。"

"好呀，不过你还是快走吧，一会儿红茶都凉了哦。"

女佣离开了，飘窗前，女子重新拿起织针，小声哼起歌来。

中午十一点不到，这时旅馆一天之中最安静的时候。这段时间，女佣会把每个房间里枯萎了的花收拾掉，小厮会把二楼三楼黄铜的楼梯扶手擦得亮晶晶。不断蔓延的沉默之中，只有外面的嘈杂声伴随阳光，一同从一扇扇玻璃窗透进来。这时，一个毛线球从女子膝头滚落，红色的线球弹了三弹，扯线到了走廊里，接着不知是谁经过，悄悄地把它捡了起来。

"多谢。"女子赶紧从椅子上起身，尴尬地道谢，一看那捡起毛线球的人，竟是刚刚和人聊起的，隔壁那位瘦削的夫人。

"没关系。"毛线球从干瘦的手里，让渡到白若凝脂的指尖，"这里真暖和呀。"敏子眯起眼睛，向飘窗的方向走去。

"是呀，这么坐着就教人犯困。"两位母亲看着对方，微笑起来。

"哎呀，这小袜子多可爱！"敏子的声音略显刺耳，女子听了不自觉地稍稍错开目光。

"我都两年没动过织针了，最近也是太闲了。"

"我就算有空，也全都用来偷懒啦。"

女子无奈地笑笑，将手里的织物撂在藤椅上。敏子无心的话，让她略受打击。

"您家的小少爷——是小少爷吧，什么时候出生的呀？"敏子一手抚着头发，偷眼瞧着女子，她实在好奇昨天那令人难以忍受的啼哭的来源。然而她心里也明明白白，这个好奇心得到满足的同时也会增添新的伤痛。就像小动物在眼镜蛇面前，被催眠了一般一动不敢动，敏子的心，也已经被苦痛侵蚀得麻木了，又像是在战斗中负伤的士兵贪图一时之快，总是忍不住揭开伤口去看的自伤冲动，这也是敏子的一种病态心理。

"今年正月出生的。"女子试探着回答，而一看敏子的神情，心里又过意不去起来。

"您家里的事我听说了。"

"嗯，是因为肺炎，现在想想就像做梦一样啊。"敏子泪水上涌，勉强笑道。

"您搬得急，也没能好生安慰。"女子也眼泛泪光，"要是我遇到这样的事，也是不知如何是好了。"

"当时是难过极了，不过现在也无可奈何了。"

两位母亲静立着，寂寥地望向窗外的朝阳。

"最近恶性流感闹得很凶，还是老家更好呢，气候什么的也比这里要好——"女子沉吟片刻，忽然说道，"您刚搬来可能不了解，这边经常下大雨呢，今年尤其——啊，孩子哭了。"女子侧耳倾听，脸上马上露出笑容，就像变了个人似的，"不好意思，失陪一下。"

话音未落，刚刚的女佣抱着哭泣的婴儿，穿着草鞋"嗒嗒"地走过来。那婴儿穿着绉绸的小和服，小脸纠纠巴巴，肉乎乎的小下巴——如此健康的孩子！敏子第一反应便是想逃离。

"我正擦窗户呢，小少爷就醒了。"

"不好意思呀。"女子驾轻就熟地将婴儿接过抱在胸前。

"哎呀，真可爱。"敏子凑近去瞧，婴儿身上的奶味有些刺鼻。

"噢——噢——胖了不少哟……"女子的精神越发抖擞起来，脸上是难掩的笑意。女子并非不同情敏子，只是——只是，那乳房之中，饱胀的、母亲的乳房之中，汪然满溢的得意之情，是无论如何也无法掩盖的。

三

　　雍家花园的槐与柳，在午后的风中摇摆，搅得日光在庭院的草木土地间撒下破碎的影子。一张在整个庭院中略显突兀的水色吊床挂在树间，一个身量圆润的男子，只穿着一身夏季西装，也躺在一吊床的破碎光影之中。他点起一根香烟，望着槐树枝上挂着的中国式鸟笼。笼里的大约是文鸟，也在或明或暗的光斑之中，绕着笼中横木上蹿下跳，时不时不可思议地望向男人。男人笑着把烟叼在嘴里，对着鸟笼念叨着"喂""怎么着"逗趣儿，就像在和人聊天。摇曳的庭木之中，有淡淡的草木香蒸腾而出。一声汽船的笛鸣，远远地从天际传来，除此之外便再无其他声响。那汽船应该早已远去，向西或向东，划开红浊的长江水，带起层层令人目眩的水脉。码头上，几乎一丝不挂的乞丐正嚼着西瓜皮，一旁一群小猪崽正排成长长一排挤在横卧着的母猪身侧，争着抢着吃奶……男子厌倦了逗鸟，陷入这般空想之中，不知不觉就要睡去……

"老公。"

男子睁大了双眼。站在吊床一旁的敏子，脸色已经远远好于在上海旅馆的时候。她的发髻、腰带、中形纹样的浴衣、敷着白粉的面孔，同样沐浴在细碎的光斑之中。男子一见妻子，舒舒服服地伸了个大大的懒腰，接着不耐烦地从吊床上坐起身子。

"有你的信。"敏子笑着递给他几个信封，同时，自己也从桃色浴衣的内襟，抽出一张粉红色的信封，取出一张小小的信纸，"也有我的信呢。"

男子撑着身子，嚼着烟屁股，大大咧咧地读起信来，敏子也站着仔细读起那粉色的信纸。

此时，安详的夫妻二人，头顶仍是槐柳洒下的破碎光影。文鸟也几乎不作声，只有一只嗡嗡叫的小虫萦绕在男子肩头，又直直飞了下去……片刻沉默过后，敏子突然睁大双眼，叫出了声：

"天哪，隔壁的婴儿死掉了！"

"隔壁的？"男子稍稍有些在意。

"就是，哎呀，就是住在上海旅馆的时候……"

"啊啊，那家吗？真可怜哪。"

"那孩子明明那么健康……"

"因为什么？生病了吗？"

"嗯，就是流感。说是一开始只是以为孩子受凉了……"敏子读着信，越说越激动，"'送进医院的时候就已经晚了，又是打针又是吸氧的，什么手段都使了——然后'，然后，哇，这上怎么说的——啊，哭声，'哭声越来越小，夜里快到十一点零五的时候，终于咽了气，其时我心中的悲痛，您定能体会……'"

"可怜哪。"男子念叨着相同的话，晃晃悠悠地躺回去。听着妻子念信，此时他的脑海里出现了那个濒死的婴孩，他小小的嘴里，艰难地喘着气……不知何时，那细弱的喘息声又变成了哭声，夹杂在雨声里的，健康婴儿的哭声——

"'……您定能体会，总是想起当时和您的交谈，您当时想必也——啊啊，我也不想活下去了。'"

敏子的眼里充满忧郁，神经质地皱起眉头，突然沉默了，接着，看到笼子里的文鸟，开心地拍起一双纤细滋润的手。

"我有个好主意！我们把那文鸟放了吧！"

"放了？你不是最喜欢这只鸟了吗？"

"喜欢也没办法，就当为那孩子超度了，就当是放生了，对吧？放了它，它也会高兴的——我好像够不着，你帮我拿下来吧。"敏子走到槐树根底下踮起穿着气垫草鞋的脚，使劲伸长胳膊去够，但是鸟笼挂得太高，很难够到。文鸟受了惊，扑棱小膀子乱飞，饵盒里的黍米撒了一地。男子看着拔脖挺胸，努力踮脚的妻子，顿觉好笑。

"就是够不着，够不着。"敏子猛地转身对丈夫说，"帮我拿下来，帮帮我。"

"你肯定够不着哇，要是踩个什么东西去够那还两说——想放也不急于这一时吧。"

"我现在就想放了它。帮我拿下来吧，要是不帮我我可就使坏了噢？把你吊床拆下来——"

敏子盯着他，可眼里嘴角，都荡漾着笑意。那是一种彻底失去平静的、强烈的幸福的笑容。男子看着妻子的微笑，不知怎的感到一丝冷酷，那种熟悉的寒意，似乎来自那些平日里隐匿于日光炙烤之下的草木深处，窥视人类的不知名力量。

"别傻了——"男子扔掉烟头，半开玩笑地喝止妻子，"无论如何，那个夫人死了孩子，咱们在这里笑闹就不应该……"

听到这里，敏子的脸色陡然苍白起来。她像个闹脾气的孩子，长长的睫毛低垂，一言不发地撕起那封信来。男子的脸垮了一下，或许是为了避免尴尬，又马上快活地接话下去。

"不过，这一切也都是命数哇。可能在上海的时候身体就不好了，送进医院又着急，不送医院又担心——"

男子忽然噤了声，敏子正盯着自己的脚尖，脸被笼罩在阴影之中，已然出现泪痕。男子不知如何是好，张着嘴一句话也说不出来。

一阵令人窒息的沉默过后，敏子的脸色变得极差，转过头不去看丈夫。

"怎么了？"

"是……是我的错吗？！那个孩子死了，是——"敏子突然又看向丈夫，她的眼神带着奇异的灼热，"那孩子死了，我高兴！可怜是可怜，但——但我高兴！高兴有错吗？！有错吗？！你说啊！"

敏子的声音从未像此时一样，紧绷着一股狂暴的力量。此时，男子已全身暴露在正午炫目的日光里，一种人力远不能及的森然，正紧紧压迫在他的胸口，令他一句话也说不出来。

大正十年八月

二

南京的基督

一

　　秋夜，南京奇望街某户人家里，一名面色苍白的少女，正在老旧的桌上撑着脸颊，无聊地从盆里抓西瓜子嗑。桌上的台灯发出昏暗的光线，对于整间昏暗的屋子来说，比起照明，不如说更覆上一层阴暗的效果。墙纸剥落的房间一角，毛毯从藤条床上露出来，满是尘埃的帷幔垂下来。桌子对面是一把同样陈旧的椅子，似乎已经被遗忘在房间的角落里。除此之外，便再没有任何装饰性的家具了。

　　少女毫不在意，嚼着西瓜子，继续用冷淡的目光盯着桌前的那面墙。原来那面墙里嵌着钉头上，端正地悬挂着一枚小小的黄铜十字架。稚拙的受难基督像，双手高高举起的样态模糊地雕刻其上。每当少女的目光触及那基督像，长长的睫毛之下掩盖的寂寥之色便会消退几分，取而代之的是生动而纯洁的希望之光。然而等她错开眼去，便又会发出一声叹息，罩着毫无光泽的黑襦子上衣的双肩耷拉下来，重新咔嚓咔嚓嗑起西瓜子来。

少女叫作宋金花。她家境贫寒，为维持生计，十五岁就做了私窝子①。金花的容色，在秦淮诸多暗娼之中并不出色，可要论性情，这片地界再找不出比她更温柔的女孩子了。和差不多大的同行不同，每天夜里她都带着愉快的笑容，在阴暗的房间里同各种各样的客人嬉闹，不惺惺作态，也不故作嚣张。每当有客人多给了几个钱，她就会高高兴兴地为鳏夫父亲买上一杯酒喝。金花的温柔善良，既是本性使然，又和小时候，她死去的母亲指着墙上的那枚十字架循循善诱，引导的罗马天主教信仰息息相关。

话说今年春天，一位年轻的日本旅行家来到上海看赛马，顺便游览南国风光。出于好奇，他在金花的房间快活了一夜。在一身西装革履，叼着烟卷的他，将娇小的金花抱在膝头时，一抬头，却看到墙壁上挂着的十字架。

"你是基督徒？"他用不熟练的汉语问道，一脸不可思议。

"嗯，五岁的时候受的洗。"

"那你还做这种买卖？"他的语气瞬间充满嘲讽。可金花

---

① 暗娼。

一如往常，脸上全不见阴霾，她梳着鸦髻的头靠在他手臂上，笑着露出虎牙。

"要是不做这种买卖，我和父亲都会饿死的。"

"你父亲已经很老了？"

"嗯，腰都直不起来啦。"

"不过——不过啊，做这种事情，你以后可上不了天堂啊。"

"不会的。"金花看了一眼那枚十字架，目光深邃，"天国的基督，一定会理解我的用心。否则他和姚家巷警察署当差的有什么区别？"

年轻的日本旅行家笑了，说着从怀里摸出一对翡翠耳环，帮金花戴上。

"这是我想当作特产带回日本的，送给你作为纪念吧。"

——打从金花接客的第一夜，她的信念就未曾改变。

然而，一个月前，这个虔诚的暗娼，不幸患上了恶性梅毒。同行陈山茶听说了，便教她喝鸦片酒来止痛。后来，同行毛迎春又亲切地给她带来自己吃剩下的汞兰丸和迦路米①。可就算自那以后金花再没接过客，她的病仍不见起色。一天，陈山茶来金花家里玩，又跟金花讲起迷信的偏方，说得像模

---

① 治花柳病的迷信偏方，迦路米即甘汞。出自清代林东湘所撰《花柳指迷》。

像样。

"你的病是被客人传染的，所以你要是趁早传染给别人，肯定三两天就能好了。"

金花撑着脸颊，面色一如既往的沉静，可听了这话，多少还是有些好奇，于是轻声问道："真的？"

"是呀，千真万确。我姐也像你一样，无论如何都治不好，然后她就找了个客人传染回去，很快就好了。"

"那被传染的客人呢？"

"那位客人可就惨咯，听说眼睛已经看不见了。"

山茶离开后，金花又独自跪在十字架前，仰望着基督受难像，专心致志地祈祷起来：

"天国的基督哇，我为了奉养父亲，一直在做轻贱的买卖。可我的买卖除了糟蹋我自己，从未给其他人添过麻烦。所以我坚信自己死后一定会去到天国。可现在，如果我不把病传染给客人，就没法继续维持生计。所以，就算我饿死——也可能只有这样我的病痛才会停止——我也不会再和客人睡觉。如果不这样的话，我就会为一己私利，坑害到无冤无仇的旁人。但是无论如何，我不过是个俗人女子，不知何时也会受到诱惑堕落。所以我主基督哇，请庇护我，除了您以外，我再没有其他人可以依靠了。"

下定决心后的宋金花，无论后来山茶或迎春怎么劝，都决绝地不再接客。有时有熟客来家里，她也只是陪着一起抽抽烟，绝不会进一步作陪。

"我得了要命的病，会传染给您的。"

可就算这样，有时病人喝醉了，不管不顾，金花也坚持这样和客人讲，也不怕把病处直接给病人看。于是，长此以往，来的客人越来越少，金花的家计也越来越难以维持……

今夜，金花也坐在桌边发了很久的呆，她的房间仍然无人踏足。夜色无情，不断深沉下去，只有不知从何处传来的蟋蟀叫声传入她的耳朵。屋里没有生火，从地砖传来的寒意，像冰凉的水，逐渐浸透她的鼠襦子鞋，侵入她纤细的双腿。金花看着那台灯微弱的灯火看得入神，终于打了个寒噤，挠挠戴着翡翠耳环的耳垂，一个小小的哈欠被她憋了回去。

就在这时，刷着漆的门突然大开，一个从未见过的外国人摇摇晃晃地闯进来，其人来势汹汹，桌上的台灯似乎受其影响，忽而烧得更旺，赤红的火光高涨，奇妙地照亮了狭窄的房间。来人沐浴在这光芒中，朝着桌子的方向趔趄了一下，又马上站直，晃回身关上门，背靠门站定。

金花猛地站起身，呆呆地看着这个陌生的外国人。他大概三十五六岁，身穿茶色条纹西装，戴着同样料子的鸭舌帽。大眼睛，络腮胡，脸颊久经日晒而黢黑。微妙的是，虽然他的长相一看就是外国人，可属于东洋人或西洋人的特征却不那么明显。一头乱蓬蓬的黑发从帽子里支棱出来，嘴里叼着一只熄火了的烟斗，这副堵在门口的模样，怎么看都是喝醉了的过路人。不祥的预感笼罩在金花心头，她站在桌后没有动，急忙问道："您，有何贵干呢？"

对方摇摇头，表示自己听不懂中文。接着他拿下烟斗，从嘴里冒出来一连串让人听不懂的外国话。这次轮到金花无可奈何地摇头，翡翠耳坠在台灯的火光里亮晶晶地闪烁。来客看到她皱着眉疑惑的样子，突然大笑起来，大咧咧地摘下帽子，跨步朝走来，一屁股坐到椅子上。

这时，金花得以看清外国人的脸，一股似曾相识的亲切感油然而生。外国人抓起一把西瓜子捏着，却不往嘴里送，盯着金花，又打起奇怪的手势，说起意味不明的外国话来。金花依旧不明白他在说什么，但可以隐约推测出来，他知道自己是做什么的。

陪不会说汉语的外国人整整一夜，对金花来说也不算稀奇。她习惯性地温柔地笑着，用对方听不懂的话聊开了。可对方以为她听懂了，没说几句话，笑声越发欢快，手里比画得更加夸张了。虽然这人一身酒气，可那张欢乐的、红彤彤的面孔，让寂寥的房间洋溢着男性的活力和朗然。对于金花来说，这个人比以往接待过的中国人，以及其他东洋人、西洋人都更像回事。她愉快地撒起娇来，可刚才的那种熟悉感依旧萦绕不去，望着那人卷曲的乌黑额发，她拼命回想起来：

"那个和胖胖的夫人，一起坐画舫的人吗？不不，那人是红发。是给秦淮的孔庙拍照片的那个人吗？可这个人要比他年轻很多。对了，有一次利涉桥那边的饭馆附近，都是人，其中有个拿着藤杖打人力车夫的人和这个人很像——但是，那个是蓝眼睛的……"

金花正想着，那愉快的外国人已经重新叼起了烟斗，吐出好闻的烟气。接着他突然说了些什么，伸出两只手指到金花面前，比画出询问的意思，嘿嘿笑着，一副老实样。谁都能看明白，两根手指，就是两美元的意思。金花笑着摇头，灵巧地把瓜子嗑得脆响，表示自己不接客。于是客人横着两肘支在桌上，将醉脸凑到金花跟前，静静地看着昏暗的灯光里的她，后来又伸出三根手指，等着金花的答复。

金花紧紧靠在椅子上，一脸困惑地含着瓜子仁。客人好像误认为两美元买不了她一夜。要求语言不通的人心领神会，确实不太可能。金花对自己的轻率举动感到后悔，于是她冷淡地看向别处，无可奈何地再次坚决摇头。

可那外国人还是一笑，伸出四根手指示意，又冒出几句听不懂的话。金花撑着脸，无计可施，笑也笑不出来了，决心就这样继续摇头拒绝，等着对方放弃。可客人就像要抓住什么东西似的，猛地大开五指，两人就这样手舞足蹈，你问我答地比画了好长时间。客人伸出来的手指越来越多，最后豪横地伸出十根手指。

十美金对于私窝子来说实在是笔不小的数目，可金花丝毫未曾动摇，她早已站起身。围着桌子急得直跺脚，连连摇头。突然一声金属撞击的轻响，壁上的十字架从钉头上掉了下来，滚落到她脚边。她赶紧郑重地捡起十字架一看，那基督受难像，不可思议地同桌边那个外国人的脸重合，出现在她眼前：

"我说怎么觉得眼熟，这不就是基督的模样吗。"

金花将那枚黄铜十字架紧紧贴在胸前，惊讶地望向那个客人。火光照射下，他一脸醉态，时不时吐出一口烟气，露出意味深长的笑，他的目光，一直徘徊在她的白皙颈项和翡翠耳坠之间。

在金花眼里，此时的客人，充满了温柔又威严的气质。那人熄灭了灯火，来到她身边，歪着头在她耳边轻笑着不知说了什么，就像催眠术师熟练的耳语，金花好像被催眠了一般，忘掉了所有决心，她微笑着闭上双眼，手里摩挲着那枚十字架，害羞似的走向这个奇怪的外国人。客人掏向裤袋，里面的钱币哗啦哗啦响，他眼里带着笑意，似乎在欣赏金花的站姿。突然，那笑意变得灼热起来，他猛地起身，带着一身酒气紧紧抱住了金花，金花几乎失神，疲软地在他怀里努力仰起头，她苍白的脸开始由内向外透出血色，恍惚地注视着那人近在咫尺的面孔。

　　不能任凭这个不可思议的外国人摆布，不能和他接吻，不能把病传染给他……金花已经没有工夫去想这些了。她任凭客人带着毛茸茸的胡须捉住她的嘴唇，她的心中，唯有恋慕的欣喜熊熊燃烧，第一次尝到的恋爱滋味，在她胸中汹涌激荡……

二

　　几个小时过去，床上传来已然入睡的二人的呼吸声，同微弱的蟋蟀叫声，伴随寂寥的秋意，填满了没有亮灯的房间。金花的梦境，穿过满是尘埃的帐幔，如烟般高高飘向星月夜空。

　　金花安坐在紫檀椅上，品尝着面前式各样的佳肴，餐具齐备。燕窝、鱼翅、蒸蛋、熏鱼、炖全猪、海参羹……应有尽有，就连餐具都描着青莲金凤，华丽又小巧。她身后是用红纱遮掩的窗，流水与棹橹之声安静地透过窗子，不绝于耳。那是她自小熟识的秦淮印象，可她现在所处之地，无疑是天国之乡，耶稣的居所。金花时不时停下筷子，向周围看去，宽敞的房间里除了雕龙梁柱、硕大的菊花盆栽，以及飘荡的菜肴的热气，没有一个人影。只要一放下筷子，便会有新的佳肴冒着喷香的热气出现在她面前，就在金花又准备动筷时，一只烤全鸡却扑棱起翅膀，打翻了一瓶绍兴酒，穿过天井飞走了。忽然有个人走到她身后，没有半点脚步声，金花手里还拿着筷子，赶忙回头看，不知为何却不见窗子，取而代之的是一个弯腰坐在垫有缎子蒲团的紫藤椅上的陌生外国人，悠然自得地嘬着黄铜烟管。

金花一看，这不是今夜留宿的外国男子吗。唯一不同的是，一轮新月般的光环，悬在那人头顶一尺高的位置。这时，一口满是热气的大锅佳肴又突然从桌子上冒出来，金花马上伸出筷子准备去夹，又想到身后的人，于是又转头客气地问道："您也一起吃呀。"

"啊，你吃吧，吃了这些，过了今晚你的病就好了。"头顶光环的外国人含着烟管，眼含无限爱意，露出微笑。

"那您不吃吗？"

"我吗？我不喜欢中国菜呢。你知道的，耶稣基督一次都没吃过中国菜。"

南京的基督说着，从紫檀椅上站起身，在呆愣的金花脸上，留下温柔一吻。

金花从身处天国的梦中醒来，黎明时分，秋日清冷的光线伴随寒意在狭窄的房间扩散，一时间未曾透过满是尘埃的帐幔，小船一般的床榻上还有温存的昏暗残留。金花支起身子，抓起已经辨不出颜色的旧毛巾，囫囵在脸上抹了几把，仍是困得睁不开眼。她的脸色还是很不好，头发许是被昨夜的汗水浸透，打结散乱，双唇微张，糯米般洗白的牙齿隐约可见。醒来之后，梦中的菊花、水声、烧鸡、耶稣基督，所有的一切还隐约在她脑海中。日光已经照到了床铺，那个愉快的梦、旁若无人的现实、同那外国人的一夜春宵，一时间清晰地占据了她的全部意识。

"要是把那人传染了——"金花反应过来，心里一沉，满是对那人的愧疚，可能再也见不到那张黝黑的面庞，心里更是痛苦不堪。数次心理斗争之后，她怯怯地睁开眼看向已经全部暴露在阳光下的藤床，出乎意料的是，除了身上只搭着一条毛巾的自己，那个神似基督的人早已不见踪影。

"原来这也是一场梦吗。"金花揭开毛毯，坐直身体，重新揉揉双眼，撩开厚重的帷幔，艰难地向屋里看去。屋里的陈设——旧桌、熄灭的台灯、一把椅子倒在地上、另一把椅子转向墙壁……一如昨夜，在清晨冰冷的空气中勾勒出残酷而清晰的轮廓。那枚小小的黄铜十字架，在桌面上散落着的西瓜子中反射出温润的光芒。金花保持着侧坐的姿势，在乱糟糟的床上茫然地环顾四周，暴露在冷空气中没有动。

"果然不是做梦。"金花嘀咕着，试图解释那个外国人古怪的行径。不过一切都显而易见，那人在她没有醒的时候就离开了。然而金花不愿相信，不，与其说不愿，是不忍心让自己相信，昨夜那样温柔对待自己的人，就这样一言不发地离开了，她甚至没注意，那人并没有留下约好的十美元。

"看来是真走了。"

金花心情沉重地拿起毛毯上盖着的黑襦子上衣准备穿上，突然停住了动作。她的面孔眼见有了血色，是因为听到了门外传来那奇怪外国人的脚步声吗？是因为从枕头和毛毯上闻到了那人残留的带着酒气的味道，回想起了昨夜种种偶然羞怯起来了吗？不，金花这时才发现，一夜之后，她的恶性梅毒，毫无征兆地痊愈了。

"那个人果然是我主基督！"

她来不及穿上外衣，就这样跌跌撞撞爬下床，跪在冰冷的地砖上，就像第一个同复活的基督交谈，美丽的抹大拉的玛利亚一般，沉醉地祈祷起来……

三

第二年春天，一天晚上，那个年轻的日本旅行家再次和金花一起，坐在昏暗的台灯前：

"那个十字架还在啊。"他漫不经心地戏谑道。可金花听了，突然一脸认真地给他讲起自己被夜里降临于此的基督治愈的奇事。

旅行家听了，沉吟道："我知道那个外国人。他是个日美混血，好像叫作乔治·莫里。他曾经跟一个我在路透电报局的通信员熟人得意扬扬地讲过，自己曾经买了一个信基督的南京私窝子一晚，之后趁着她睡着的时候逃走了。之前在上海和那人住过一家旅馆，所以还记得他长什么样。就算他自称英文报纸的通信员，所作所为实在不算个男子汉，不是什么好东西。后来他染上恶性梅毒，最终发疯了，应该就是被她传染了。可她到现在还坚信那个无赖混血是基督降世。我到底要不要告诉她真相？还是什么都不说，让她就这样永远活在西洋传说一样的梦里……"

待金花讲完，他突然想起没点燃的烟，于是划着火柴，浓郁的烟气中，他还是追问道：

"是吗，不可思议。不过——不过，自那之后，你再也没犯过病吗？"

"嗯，一次都没有。"金花嚼着西瓜子，容光焕发，毫不犹豫地答道。

（草拟本篇时，多有致敬谷崎润一郎氏的《秦淮一夜》，特附记以表谢意。）

大正九年六月

116

二

女体

中国，一个盛夏的夜里，叫作杨某的男人被热醒。于是他只得睁开眼，烦躁地用手支起脑袋，胡思乱想起来。就在这时，昏暗的灯光下，他发现一只跳蚤，小小的壳闪着银粉似的一点光，正沿着床边爬来，眼看就要爬到妻子肩头。而妻子这时，正一丝不挂地面朝着他，安然熟睡着。

　　杨的目光追随着跳蚤慢条斯理的步伐，不由得想到，像跳蚤这样的虫，它们眼中的世界，又是如何呢？自己的两三步，对于它们可能是一个钟头的路程。它们活动的空间，不过床上这一隅之地罢了。如果自己托生成虫子，那该有多无聊啊……

　　这样想着，杨的意识又逐渐模糊起来。他知道自己不是在做梦，可眼前的景象越发不真实起来，他就这样一点点沉入这种奇妙的恍惚之底。终于当他回过神来，自己的意识已经进入那跳蚤的体内，正在充满汗臭的床上蠕动前进。杨一时没有反应过来，茫然停下了脚步。然而，更加令他惊讶的还在后面——

一座高山出现在他面前，暖洋洋地抱成一团。巨大的石钟乳，从目光所不能及的上方到眼前的床榻垂下，触到床铺的末端，是石榴果实的形状，内里似乎包裹着炎气，呈现出淡淡的红色。除去此处，整个山体尽是雪白。那是一种如同凝脂般具有滑腻触感、柔软无比的白。在毫无坑洼的山腰上，这种白色更像照耀在雪上的月光，泛着微青的淡影。光影交界之处，美不胜收的群峰呈现出温和得几乎要融化的玟瑁色光泽，其边缘绵延成美不胜收的曲线，勾勒出遥远的天际……

杨叹赏着这座美丽的山峰，然而，当他反应过来这座山峰，其实是自己妻子的一只乳房时，该有多么惊讶呢。怀着惊叹之情，守望着这只壮美乳峰的他，已经忘却了爱憎，乃至性欲，就连床榻上的汗臭，也已闻而不觉。他就像凝固在了床上，不知过了多久，一动不动——杨就这样通过一只跳蚤的视角，用眼睛确认了妻子肉体的美。

不过，对于艺术相关人士来说，该跳蚤的视角细细品味的美丽，应当远不止女子肉体之美。

大正六年九月

119

二

奇遇

编辑：听说您要到中国旅行，是去南方还是北方呢？

小说家：想从南方落脚，再北上环游一圈。

编辑：都准备停当了吗？

小说家：差不多吧。就是该看的纪行和地方志看不完了，心里有点没底。

编辑：（并不在意）那还有多少没看完呢？

小说家：其实还有不少。日本作品的话，《七十八日游记》《中国文明记》《中国漫游记》《中国佛教遗物》《中国风俗》《中国人的气质》《燕山楚水》《苏浙小观》《北清见闻录》《长江十年》《观光纪游》《征尘录》《满洲》《巴蜀》《湖南》《汉口》《中国风韵记》《中国》——

编辑：这些您都读过了？

小说家：没，还一本都没读呢。除此之外还有中国人写的，《大清统一志》《燕都游览志》《长安客话》《帝京》——

编辑：天哪，光是书目就这么多啊。

小说家：我还没开始说西洋人写的呢——

编辑：西洋人写的中国风土，多半没什么用。比起这个，小说，您在出发前已经写好了吧。

小说家：（突然没了精神）啊，至少出发前想写好交给你来着……

编辑：那您打算什么时候出发？

小说家：其实就今天。

编辑：（吓了一跳）今天？

小说家：嗯，五点的特快列车。

编辑：那离您出发就剩不到半小时了？！

小说家：嗯……确实。

编辑：（生气起来）那小说怎么办？

小说家：（越发没底气）我也在想怎么办……

编辑：您这么不负责任我也很难办啊。就剩半个小时了，我也不能让您当场写完给我……

小说家：是呀。就像魏德金①的戏剧，就在这短短的半小时之内，可能会有个怀才不遇的音乐家飞过来，也可能会有个夫人不知在哪里自杀，各种各样的事情都会发生——您等下，

---

① 全名弗兰克·魏德金，德国表现主义戏剧始祖，他的作品至今仍在德国和世界各地演出。

说不定我抽屉里应该还会有没发表的原稿。

编辑：那就太好了。

小说家：（一边翻着抽屉）社论不行噢？

编辑：题目是什么？

小说家："文艺及通俗文学之毒害"。

编辑：不行。

小说家：这个怎么样？体裁的话，姑且是小品——

编辑："奇遇"……讲的是什么故事呢？

小说家：要不要听听看？应该用不了二十分钟就能读完……

至顺年间，临眺长江的金陵古城，有个叫王生的青年，生而才貌并佳，人称"王郎奇俊"。可这位王生年逾二十，虽门楣光正，家财殷实，可仍未娶亲，日日耽于诗酒，实在令人费解。

事实上，王生整日有好友赵生相与，日子好不自由痛快。听听戏，耍耍色子，在秦淮边上的哪家酒楼喝到天明也是有的。一般在这种时候，酒桌上的王生，会定定地望着花瓷酒盏，不知着耳听着哪里的音乐，而一旁兴致勃勃的赵生，则就着醉蟹佳肴，一杯又一杯地喝着金华酒，大谈名妓逸事。

而王生不知为何，自打去年秋天开始，就像忘了喝酒这码事，一次都没有痛饮过。不仅没怎么沾酒，他一直以来最大的乐趣——吃喝嫖赌，似乎完全离他远去了。一开始以赵生为首的众多友人，都觉得无比不可思议，后来都说，王生或许厌倦了这些乐子，也有可能是遇上了哪个迷人的女子。可最奇怪的是，无论谁问王生原因，他都只是笑笑，什么都不说。

　　这种状态持续了一年之后，一天，赵生久违地到王生家拜访，于是王生就请他看自己昨晚仿元稹体所填的一首会真诗三十韵①。华丽的遣词造句间，满溢着嗟叹之情，若不是恋爱中的青年，是断断写不出这样的诗句的。

　　赵生看罢，将诗稿还给王生，促狭地打量他："你的莺莺②在哪里呀？"

　　"我的莺莺？我哪有什么莺莺。"

　　"别扯谎了，那戒指是谁的？"

　　赵生伸手指向几上，一枚紫金碧甸的戒指，正在读罢的书上转着圈，一看就不是男人戴的戒指。王生拿起戒指，面色一沉，接着用意外平和的语气，缓缓

---

① 《会真诗三十韵》是唐代诗人元稹创作的一首五言排律，内容香艳。
② 元代王实甫杂剧《崔莺莺待月西厢记》(西厢记)中的女主人公。

说道：

"我没什么莺莺。但，我确实爱上了一位女子。去年没有和你们一起畅饮，也是因为她。但是我和她的关系，并不是你想象的那种才子佳人春宵情事。不过这么说估计你还是一头雾水。不，一头雾水还算好的，我不希望你怀疑我在说谎，所以，就干脆借着这个机会跟你解释清楚。关于她的故事，可能会有些无聊，但还是希望你能听到最后。"

你知道，我在松江那边有田产，每年秋天，我都会亲自去收地租。就是在去年从松江收租回来途中，船将在渭塘停靠时，只见岸上有酒旗掩映在槐柳林中，那酒家朱栏曲折，气派非常。栏杆之外，数十株芙蓉鲜红的倒影映在河水中。我当时口渴极了，于是赶紧驱船靠岸。进到店里，果然不出所料，只要出手阔绰，主人也毫不吝啬，细心猜测我的喜好，端上来的都是竹叶青、鲈鱼和蟹这些美酒佳肴。我也久违地畅饮起来，一时间旅途的劳累都烟消云散。

这时我不经意间注意到，有人躲在酒家的幕帘后面，不时朝这边偷看，可每当我一看向那边，那人就躲了起来，等我看向别处，那人又开始偷看起来。虽然隐约可见珠钗翠环在幕帘后闪闪发光，但也看不真切。再一次，粉面玉颜似乎又探出幕帘朝这边看来，我赶紧回头，可又只见懒懒垂下的帘子。如此反复数次，其间我的酒也喝得差不多了，也顿觉无聊起来。于是扔下几枚酒钱，赶忙回船准备继续返程。

那天晚上我一个人睡在船上，梦里又回到那间酒家。和白天不同的是，重重大门之后，宅府最深处，出现了一座小巧的绣楼。绣楼前的葡萄架下，一汪一丈宽的泉水被石头围成小池。我走上前去，月光照耀下，池水中的金鱼之数清晰可查，池边种着两棵垂丝桧。院墙四周，翠柏结成屏障，笼罩着巧夺天工的假山，假山上的草，全部是金丝线绣墩，在这样寒冷的季节，也没有枯萎。窗与窗之间，雕花鸟笼中一只绿色的鹦鹉，一见我，脱口一句"晚上好"。绣楼檐下吊着一对小小的木鹤，口中衔着点燃的线香。窥向窗内，桌上的古铜瓶里插着几根孔雀尾，旁边整整齐齐列着笔墨纸砚。一根玉箫横陈其间，正像待人使用一般。壁上四幅题诗的金花笺，诗体师法苏东坡的四时词，笔法仿效赵松雪。诗的内容我还记得，但这里就不细讲了。最重要的是，这间月光明朗的房间，正有一位玉人端坐其中，看到她的那一刻，我只觉得从未见过如此美丽的女子。

"正是'有美闺房秀，天人谪降来'——"赵生笑着念出王生会真诗的头两句。

"嗯，就是那样。"

虽说是王生自己要讲的，可说着又噤了声。赵生等不及，拿膝盖撞了撞他：

"那之后呢？"

"之后一起聊天来着。"

"聊天之后呢？"

"她吹箫给我听。颇有落梅之风的曲子呢。"

"就这样？"

"之后我们又聊了会儿天。"

"之后呢？"

"之后我突然就醒了。醒来发觉自己还是在船上，舱外只有月夜茫茫的江水。那一刻的孤寂之感，这世上恐怕没有谁能感同身受。"

那之后我一直想着那个女子的事。不可思议的是，从金陵回来后，每晚都梦见那座宅邸。昨晚，我梦见自己把水晶双鱼扇坠赠给了那个女子，她回赠给我这个紫金碧甸指环。醒来之后，扇坠真的不见了，而我枕边多了这个戒指。这样看来，和那个女子的相遇并不全是一场梦，可既然不是梦，那究竟是什么？我也实在没有答案了。

假如这真是一场梦，我确实在梦以外没有见过那名女子，甚至无法确定她是否真实存在，不过，即使她真是一个幻影，我对她的思慕之情也不会改变。穷此一生，我都会怀念那池泉水、那个葡萄架、那只翠绿的鹦鹉，我真的忘不了她。就是这样。

"原来如此，确实不是常见的才子情事。"赵生同情地看向王生。

"不过，你从那之后没再去过那个酒家吗？"

"嗯，一次都没再去过。不过十天之后，我又要去松江了，到时经过渭塘，一定要再去那间酒家。"

十日之后，王生按时出发，顺流而下前往松江。他回来那天，赵生和一众友人，都被同他一起从船上下来的少女惊艳到了。少女确实在窗外养着绿色的鹦鹉，自从去年秋天幕帘阴影下的惊鸿一瞥，她也一直梦见王生。最不可思议的是，她的枕边也不知什么时候，多了那个水晶双鱼扇坠。

这件奇事就此从赵生嘴里传扬开来，最后传到了钱塘文人瞿祐的耳朵里。于是瞿祐马上动笔，写下了这段美丽的钱塘奇遇记……

然而，钱塘瞿祐，以及以赵生这些友人，恐怕永远不会知道，在驶离渭塘的酒家的船上，王生夫妇暗地里的谈话。

"这戏可算圆满了。我骗你父亲说，每天晚上都会梦到你，编得像小说似的，搞得我冷汗连连哪！"

"我也担心得要命。你也这么跟金陵的朋友说的吧！"

"对，还是一样的说辞。一开始我什么都没说，可他们看到了那个戒指，没办法，我只能把给你父亲准备的那套说辞，先跟他们讲了一遍。"

"那么实际上，知道你去年秋天曾去过我房间的，就只有——"

"我呀，我呀。"

二人一惊，循声看去，随即笑出声来。挂在桅杆上的雕花鸟笼里，那只翠绿的鹦鹉，正机灵地看着王生和少女……

编辑：这就有点画蛇添足了，这不是破坏读者沉浸在转折里的感觉吗？如果要刊载，请务必删了最后一段。

小说家：还没到最后呢，还有一些，请稍微忍耐一下听我念完吧。

然而，钱塘瞿祐自不必说，幸福美满的王生夫妇也永远不会知道，他们一起乘舟离开之时，在水边槐柳的阴影里，目送小舟离去的少女父母，暗地里的交谈。

"老头子。"

"老婆子。"

"戏可算演完了，不过这真是大喜呀。"

"大喜，大喜，这种喜事再也遇不到啦。不过，光是听女儿和女婿扯谎，也是件苦差。老头子你说，就当不知道，别说出来，如今一看，就算他们不扯谎，我们也不会拦着的。"

"嘿，多说无益。这可是女儿、女婿绞尽脑汁想出的尴尬主意，要不是他这么上心，我怎么可能轻易把宝贝独生女许给他。老婆子，你怎么回事，这大喜的日子里，你怎么还哭了？"

"老头子你不也哭了……"

小说家：还有五六页就结束了，就这样念完吧。

编辑：不，比起这个还有更重要的事要做。原稿给我一下——就这么放任您不管，作品一定出大问题。这篇文章就到这里为止，我觉得再好不过。总之，要是发表这篇小品，就请这样删改吧。

小说家：这么改的话有点过分吧——

编辑：哎呀，得抓紧了，要不赶不上五点的特快了。别管原稿了，请赶紧叫辆人力车吧。

小说家：那好吧。确实得抓紧了，那先再见，拜托你了。

编辑：再见，旅途愉快。

大正十年三月

二

秋山图

"说到黄大痴，您可看过他的《秋山图》吗？"

一个秋夜，王石谷造访瓯香阁，同主人恽南田一边饮茶，聊到此处，便有此一问。

"未曾得见。您见过吗？"

大痴老人黄公望，乃是和梅道人、黄鹤山樵齐名的元代画中圣手。恽南田说着，曾经看过的《沙碛图》和《富春山居图》，好像又鲜明地浮现在眼前。

"这个吗……要说见过，也没见过；要说没见过，也还是见过的，也是怪事……"

"这怎么说呢？"恽南田疑惑地看向黄公望，"那您看过的是摹本？"

"不，是货真价实的真迹。不只是我有过这种体验，烟客先生（王时敏）、廉州先生（王鉴），也和这幅画有过一段因缘呢。"王石谷啜饮一口茶，微笑着陷入了深沉的回想。"不嫌弃

134

的话，可否赏光听我道来？"

"洗耳恭听。"恽南田殷切地将铜盏里的灯火挑得更亮，敦促客人讲下去。

元宰先生（董其昌）还在世的时候，有一年秋天，正和烟客翁品画时，忽然问翁，有没有看过黄一峰的《秋山图》。众所周知，烟客翁正是师从黄大痴一派，黄大痴的画，可以说没有他没见过的。可唯独《秋山图》这幅画，他却没有见过。

"不，别说看过了，这幅画我连名字都没听过。"烟客翁如此回答，忽而尴尬了起来。

"如果有机会的话，请务必一观。那可是比《夏山图》和《浮岚图》高出整整一个层次的杰作。恐怕在大痴老人所有的作品里，这幅《秋山图》也是数一数二的了。"

"如此杰作，那可一定要看一看。那么这幅画如今究竟在哪里呢？"

"现在润州张家。我给您修书一封，您去金山寺的时候，可以去他家登门拜访看看。"

烟客翁怀揣先生的介绍信，立刻出发前往润州。不管怎么说，收藏着如此妙作的人家，除去黄一峰的画作，一定也有不少历代大家的墨宝，一想到这，他就焦躁得不得了，无论如何，都不能继续在自家西园书房里干等着了。

兴奋地抵达润州后，这张家府邸，确实和他想象的一般宽敞，但却显得非常荒凉。院墙爬满了藤蔓，院里满是杂草，其间有鸡鸭在漫步，非常稀奇地瞪着来客。

　　一时间，翁也对元宰先生的话产生了怀疑：这样的人家居然收藏着黄大痴的名画？但是来都来了，也不能一声不吭地离开。于是向出来迎接的小厮表达了来意，并奉上思白先生的介绍信，远道而来，希望能得见黄大痴的《秋山图》。

　　于是烟客翁随小厮来到厅堂。紫檀桌椅稀疏却整齐地排列着，散发出冰冷的尘埃气味……廊檐之下，充斥着荒废之感。所幸主人虽生着一张病弱面孔，却不像什么恶人，不如说，从他苍白的脸、格调颇高的举止来看，更像是个世家大族出身的贵人。稍许寒暄之后，翁便马上道明了来意，他总觉得，如果今天之内见不到那幅画，那幅画就会像雾一样消失不见。

　　主人立刻应允。于是指向厅堂光洁的墙壁上挂着的那幅画，道：

　　"那便是《秋山图》了。"

　　翁只一眼瞧见那幅画，不由得一声惊呼。

　　画以青绿为基色，溪水蜿蜒在疏落的村庄与小桥间，缭绕在主峰中腰的秋云，则浓浓施以蛤粉；青黛点染出高低起伏的丛山，仿若新雨初停；缀于其中的朱砂，尽显林中的红叶……画面之精妙，绝非言语能够形容；而布局又不失雄大气魄，笔墨也极尽浓厚……绚烂的色彩之中，却又有空灵澹澹的古意荡漾其间。

翁就像终于放下心来一样，一刻不停地看着画，越看越觉得神妙非常。

"如何？可还满意？"主人面含微笑，斜斜地看着烟客翁。

"实乃神品。元宰先生的盛赞绝非虚言。事实上，至今为止我看过的诸幅名作，与这幅画相比，也只能甘拜下风了。"烟客翁答道，眼睛仍未从画上移开。

"哦？真是如此杰作吗？"

"有何不妥吗？"烟客翁听闻，惊讶地看向主人。

"不，并无什么不妥，事实上……"主人有些无措，少女一般红了脸，片刻，露出些许寂寞的微笑，有些惶恐地望向壁上悬着的名画，接着说道：

"事实上，每每看着那幅画时，我明明睁着双眼，却都宛若进入梦中。那秋山之景确实绝美，可我时常想，是否只有我一人才看得到那秋山的美丽呢？是否除了我之外的人，都会觉得，这只是一幅平常的画呢？不知这是来自我的错觉，还是因为这幅画的美已经超出俗世范围。总之这种微妙的怪异之感一直困扰着我，直到听了您对这幅画的赞美，我的心中的大石才终于落地。"

但是此时的烟客翁，对于主人的解释并没有在意。不光是赏画赏入了迷，也是因为觉得主人不过就是在胡言乱语，以掩饰自身对于鉴赏方面的浅薄罢了。

于是他就此辞别这荒宅一般的张家府邸，并未久留。然而，那幅《秋山图》似乎仍然留在他的视野里，无论如何也不能忘记。事实上，既然继承黄大痴的衣钵，就算牺牲所有，也要得到那幅《秋山图》，更何况烟客翁本身也是个收藏家，在他的众多收藏中，哪怕是黄金二十镒换来的李营丘的《山阴泛雪图》，和这幅《秋山图》相比，也不免逊色许多。因此烟客翁对这幅《秋山图》的渴望，已经到了难以忍受的程度。

逗留润州期间，翁曾多次遣人前往张府求购，交涉多次未果，那位面色苍白的张氏主人，无论如何也不肯当面同他相商，只派人传话说："先生既然如此喜爱这幅《秋山图》，那么完全可以借给先生。只是若要让我将其出手，这是万万使不得的，还请先生见谅。"于是翁赌气想着，就算现在不借，将来总有一天会把它弄到手。于是告别《秋山图》，离开了润州。

那之后刚好一年，翁再次来到润州，造访张府。墙上藤蔓盘绕，庭院草色茂盛，和从前别无二致。只是，向传信的小厮打听，主人却不在家。反正也见不到主人，烟客翁便拜托小厮，想再看一看那幅《秋山图》。然而无论怎么请求，那小厮就是以主人不在家为由，坚决不让烟客翁进门。到最后干脆关门落锁，不再理会了。翁没有办法，只得悻悻而归，只是头脑中不住想着，那幅《秋山图》究竟藏在这座破败宅邸的哪个角落。

后来，元宰先生又告诉烟客翁，张府之中，不只存有黄大痴的《秋山图》，更有沈石田的《雨夜止宿图》和《自寿图》等杰作。

"上次忘了告诉你，这两幅画和《秋山图》同样，都可称得上奇观。我再修书一封，你一定要再去看看。"

于是烟客翁立刻带着元宰先生的书信和足够买下这些名画的银两，出发前往张府。可那张家主人仍和从前一样，只有那幅黄一峰的《秋山图》不肯脱手。于是翁也终于渐渐死心了。

王石谷讲到此处，停了下来：

"到此就是我从烟客先生那里听到的了。"

"也就是说，只有烟客先生，确确实实见过那幅《秋山图》喽？"恽南田抚着胡须，与王石谷四目相对断言道。

"先生说自己看到过。但是，他是否真的看见过，谁也不知道。"

"但听这描述——"

"总之，先生先继续听我继续讲吧。等听我讲完，你或许会有和我不一样的见解。"

王石谷这次没有喝茶，继续娓娓道来。

烟客翁将这段逸事讲给我听时，距离他初次得见《秋山图》，已经过去了近五十载风霜。此时元宰先生也已经身故，那张家也早已换了三代主人，那幅《秋山图》，也已不知落入何人之手，甚至于是否仍然完好，都未可知了。

　　"那位黄一峰的笔墨，就如同公孙大娘的剑器一样，所到之处，其迹难寻，那种神韵无法用言语形容，只有一股强大的压迫力降临到心头。正所谓是动若龙翔之势，隐于人剑之形。"烟客翁就像手中捧着那《秋山图》，和我讲起奇妙的逸事，俨然带着一股遗憾的气息。

　　一个月后，春潮初泛的季节，我刚好即将旅至南方。烟客翁便嘱托我道："机会正好，你也寻一寻那《秋山图》。若它能重现世间，也是画坛之幸了。"

　　我自然也作此想，于是立即拜托烟客翁修书一封。可一踏上旅途，要前往的地方无缘无故地增多，不知不觉前往润州张府的闲暇也未曾剩下。我怀揣着烟客翁的书信，可盘桓到了子规鸣啼的夏日，终究也未能寻访《秋山图》。

　　在此期间，贵戚王氏买下了《秋山图》这个消息传进了我的耳朵。烟客翁书信介绍的人中，有和那王氏有往来的，王氏也是从那人口中得知，《秋山图》存于张家的消息。据坊间传闻，张氏的孙子接待了王氏派来的使者后，便立即将传家礼器和法书，同黄大痴的《秋山图》一起悉数奉上。王氏大喜，随即大摆宴席，将张氏之孙奉为上宾，唤出府中歌伎奏乐助兴，又赠之以千金。

我得知后雀跃不已，五十年岁月风霜，《秋山图》竟然安然无恙，更何况是被和我有交集的王氏买走。从前，烟客翁想再见《秋山图》一面的苦心，就如同始终被恶鬼从中作梗一般，未曾达成。然而如今，这幅画像蜃楼一般，自然而然地通过王氏重新回到我眼前，不能不说是冥冥之中自有因缘。于是我放下所有手头的事前往金昌，赶往王府。

至今我还记得很清楚，那是初夏一个无风的下午，王府庭院里，牡丹在玉砌的凭栏外竞相开放。我一见到王家主人的面，正要作揖行礼，却忍不住先笑了出来。

"如今《秋山图》已经归您所有。烟客先生为了这幅画，实在是煞费了苦心。如今他也可安心了，想到这里，我也不胜欢欣。"

王氏也志得意满道："今日烟客先生和廉州先生也会来，不过，事从权宜，既然先来了，就先让您瞧瞧吧。"于是他立刻让下人将《秋山图》挂在侧壁上。那立在水边掩映在红叶之中的山村，淹没了山谷的云海，以及由远及近，如屏风一般密布的群青山峰，就这样展现在我面前。那是大痴老人创造的，远比真正的天地之景更加玄妙的小天地。我怀着雀跃的心，目不转睛地盯着墙壁上的画。

这云烟丘壑，正是黄一峰的手笔，毋庸置疑。点线之有力、用墨之灵活、色彩之浓厚，落笔却全然不着痕迹，除黄一峰之外，无人能做到。

但是——但是，这幅《秋山图》，决计不是当年烟客翁在张府所见之《秋山图》，就像是另一位黄一峰所作。宴席之上，我周围的来宾，以王氏为首的众人，都在窥探着我的反应。所以我想着无论如何也要掩盖自己失望的情绪。但是无论我怎样掩饰，落寞的神情，大概不知不觉流露了出来。王氏则站起身，顿了顿，像是担心着什么一般问我：

"如何？"

我立即回答："真乃神品。怪不得能够令烟客先生为之绝倒。"

王氏总算恢复了以往的神情，然而他的眉宇间，也流露出些许不满。没过多久，讲给我《秋山图》奇妙故事的烟客先生也赶来了，与王氏谈话间，也可见他心情奇佳。

"五十年前，我在几近破败的张家得见《秋山图》，五十年后，能在如此豪宅里再次见到《秋山图》，真是妙不可言的因缘哪。"烟客翁这样说着，仰望壁上黄大痴的名作。眼前的秋山，和当年的秋山是否丝毫不差，也只有唯独见过《秋山图》的烟客翁自己知道了。所以我也和王氏一样，目不转睛地观察烟客翁的反应。果然他的神情，渐渐染上了一层阴霾。片刻后，王氏终于按捺不住，小心翼翼地问烟客翁道：

"如何？刚刚石谷先生，也对这幅画颇为赞许……"

我担心直性子的烟客翁会老老实实地回答，心里捏了一把汗。不过，烟客翁应该也不希望让王氏失望，于是看完了《秋山图》，诚恳地回答道：

"能入手这幅画，实在是足下的好运。有此画也能为您其他收藏增色不少了。"

不过王氏听了如此评价，脸上忧虑的神情还是越发深重了起来。如果后来不是廉州先生及时到来，我们俩可能会让他更加心焦。就在烟客翁发表评价时，先生快活地入席，毫不造作地与众人问好行礼，望着壁上说道：

"这就是那幅传说中的《秋山图》喽？"

片刻之后，廉州先生只是呷着胡须沉默着。

王氏赶忙介绍道："烟客先生五十年前，看过一次这幅《秋山图》。"

廉州先生此前，从未从烟客翁那里听说过《秋山图》的故事。

"以您高见，觉得这幅画如何呢？"

先生长出一口气，仍然看着那幅画。

"您不必挂怀，直说便可……"王氏的微笑越发勉强，再一次催促着先生。

"这幅画嘛……"

廉州先生再度噤了声。

"这幅画？"

"这幅画是痴翁的第一名作。且看这烟云的浓淡得宜、神韵兼备、林木的色调，真如同鬼斧神工。看得到那里的孤峰吧。整幅画的布局正是为此而生，勃勃生气实在妙不可言！"

一直沉默不语的廉州先生，在王氏的恳切之下，将这幅画的妙处逐一指出，与此同时，席间众人的赞赏之声也不断热烈起来。王氏的脸色终于放晴了。

在此期间，我悄悄小声问烟客翁：

"先生，那真的是那幅《秋山图》吗？"

他摇着头，神情有一瞬的恍惚。

"真是如梦似幻哪。说不定那张家主人，是个狐仙之类的人物呢……"

"这就是《秋山图》的故事了。"王石谷语毕，温暾地端着茶碗喝着。

"原来如此，真是奇闻一桩。"恽南田凝视着铜灯里的火焰。

"那之后王氏又问了不少问题，可关于《秋山图》，无论是张氏子孙还是其他人都已经知无不言了。但当年烟客翁所见的《秋山图》，如今究竟隐藏在何处？抑或是先生自己的记忆出了差错？总不能先生到张家去看《秋山图》这整个过程，都是一场幻觉吧！"

"不过烟客先生心里，还清清楚楚地记着那幅怪异的《秋山图》的样子吧。听了先生描述的你也是如此……"

"那山石之青绿、枫叶之朱红，如今还栩栩如生哪。"

"那就算没有《秋山图》这幅画，不是也没什么遗憾了吗？"

说到这里，恽王两大家，拊掌大笑起来。

二

尾生之信

尾生伫立在桥下，从刚刚开始，就在等待那位女子的出现。

　　抬头向上看，便是高高的石桥栏杆和半悬在空中的茑萝花。桥上往来行人的白色衣摆，悠然随风拂动，在夕照下染上鲜艳的色彩。可那位女子仍未现身。

　　尾生一个人吹着口哨，一派轻松地望向桥下的沙洲。之前冲积出来的黄泥沙洲，涨水之后只余两坪之宽，几乎要被河水没过去。水边的芦苇丛里，应该栖息着大方蟹，可以看见几处圆圆的洞穴，每经水浪拍打，便有哗——哗——的微弱声响传来。可那位女子仍未现身。

　　尾生想着还要稍等一会儿，于是走到水边。沿着河道望去，没有一艘船经过的水面十分平静。桥下青绿的芦苇一丛挨着一丛，密密层层地生长在河边。还有茁壮的川杨，在拥挤的苇丛隙间，伸出浑圆的树冠。清明的水面静谧地蜿蜒其中，较之整个河道的宽度，显得并不宽阔。一片云影映在其上，宛如云母镀在金带之上。然而，那位女子仍未现身。

于是尾生离开水边，挪开步子向那沙洲踱去。暮色渐晚，他一圈一圈地慢慢走着，耳边只剩一片寂静。大概是一时间桥上没了行人经过的缘故吧，脚步声、马蹄声，最后就连车轮的声音也听不到了。在风声、芦苇声、水声之中，不知何处响起欢快的苍鹭的啼鸣。他这样想着，突然停下了脚步。不知何时混着黄泥的洪水，颜色更加明显，已经渐渐上涌、近在眼前。然而，那位女子仍未现身。

尾生的眉头皱得更深了。他终于开始快步离开桥下那昏暗的沙洲。洪水已经一寸一寸、一尺一尺地不断漫上来。河里不断升起水藻的气味、水的气味，冷冷地笼罩住皮肤。再度向上望去，桥上明艳的夕照已经消失，只有石桥的栏杆，黑黢黢地一根根突入微微发青的傍晚天空。然而，那位女子仍未现身。

尾生终于停下了脚步。河水已经漫过鞋底，泛着比钢铁还要寒凉的光，浩浩荡荡地涌进桥下。恐怕很快，他的膝盖、到腹部，再到胸口，就要彻底隐没在无情的洪峰之下了。不，说着的工夫，水位还在不断增高，已经没过了他的大腿。然而，那位女子仍未现身。

尾生怀抱着仅存的一丝希望，仍然站立在水中，不知多少次，看向桥上的天空。此时的洪水已经淹没了他的腹部，水面之上，夜色早已笼罩一切，笼罩了由远及近的茂盛苇丛和柳树，此间只有悲寂的落叶声，穿过重重雾霭传来。一条好像鲈鱼的小鱼，轻轻翻起白色的肚皮，灵巧地掠过尾生的鼻尖，跃出水面。鱼儿跃起的空中，已经有点点星光闪现。缠绕着茑萝花的桥栏，早已在夜色中模糊了形状。然而，那位女子仍未现身。

夜半时分，月光洒满一川苇丛和柳树时，河水与微风静静交融，仿佛在窃窃私语。它们将桥下尾生溺死的尸骸，温柔地送往大海的方向。而尾生的魂魄，可能已经静悄悄地脱离那具遗体，憧憬着孤寂的天心月光，如同那无声地从河川中升腾而出的水与藻的气味一样，飘飘荡荡地升上微白的天空。

千年过去，尾生的魂魄必然在旁观了无数世间流转之后，再次转世为人。说不定那个人就是我。所以我虽然生在现代，却没毫无建树，白日、黑夜，一刻不停地目送漫无目的又如梦如幻的人生流逝。一直相信着，某些不可思议的事情，一定会降临。

正像那薄暮中伫立在桥下的尾生，无休止地等待着，永远不会赴约的恋人。

大正八年十二月

二

仙女

从前，中国的某处乡下，住着一个书生。毕竟是中国的读书人，平日最常做的事情，便是在开满桃花的窗前读书了。他家隔壁，有一位年轻女子独居——一位实打实的美女，也没有请什么用人。书生一直觉得不可思议，然而他自己，包括其他人，对这名女子的身世、她靠什么谋生，都一无所知。

　　一个无风的春日里，时近黄昏，书生不经意间朝窗外看去，却听见，满院兴高采烈的鸡鸣声里，那个年轻女子，好像在责骂什么人。书生心想这是怎么了，于是走到隔壁院一看，那女子柳眉倒竖吊着眼梢，一个老樵夫正被她揪着，花白的脑袋被女子敲得咚咚响。那老人家泪流满面，正忙不迭地道着歉！

　　"您是怎么回事！这么打一个老人家说不过去吧！"书生按住女子的手斥责道，"为人处世第一条，就是要尊敬老人啊！"

　　"老人？我可比他大呢。"

"别开玩笑了。"

"没开玩笑，我是他的母亲。"

书生愣住了，怔怔地看着女子。那女子松开老人，红润的脸蛋透着凛凛神气，目光炯炯地说："你不知道我活到这个岁数，为了这个家伙操了多少心。可他呢，根本不听我的话，净是任性妄为。"

"那……这位老人看起来至少七十多岁了，您说您是他的母亲，那您……究竟多大了？"

"我吗？我已经三千六百岁了。"

这时书生才意识到，面前的美女邻人，是一位仙女。可这位天上人说话间就忽然消失了，只留下春日阳光悠悠照耀之下，那位老樵……

二

仙人

上

　　这段故事发生的年月早已不可考。中国北方的某个集市上，有个叫李小二的卖艺人，专门在大街上训练老鼠扮戏招徕客人。他的全部家当，只有装老鼠的袋子，收纳戏服面具的箱匣，用来当作舞台的小棚子。

　　天气好的时候，他会到人头攒动的十字路口，把小棚子扛在肩头，打响鼓板唱起来。爱凑热闹的老少乡亲，都会闻声而出，所有经过的人都会停下来看个新鲜。一旦四周人墙筑起，李小二便会从口袋里放出一只老鼠，给它穿上戏服戴上面具，让它从戏台一侧登场。于是老鼠便非常熟练地迈着方步踱到台前，威风凛凛地抖抖丝线般油光水滑的尾巴，用后腿站直身体亮相，淡红的前脚掌，从印花布衣襟之下露出来。这只老鼠，便是杂剧中担当楔子①的演员。

这种时候，通常是小孩子先新奇地鼓起掌来；大人则没有那么容易被吸引，他们总是摆出一副嫌弃的架势，咂着烟管拔着鼻毛，观望在台上周旋的老鼠演员。然而，随着伴奏响起，身着锦衣的正旦、头戴黑色脸谱的净角陆续登场，在李小二的唱白间，各种手眼身法步，此等奇观就让人端不住架子，忍不住好奇窥探了。不断前来围观的人群中，开始响起响亮的叫好声。于是李小二伴奏的鼓板也像抹了油一般敲得更加卖力，巧妙地操纵着一戏台的老鼠。这时，"沉黑江明妃青冢恨，耐幽梦孤雁汉宫秋"的题目正名②终于唱了出来，戏台前面伸出的盆里，也渐渐垒起了小山一般的铜钱……

但是，以此谋生也并非易事。首先，有遇到连日天气不好，就得饿肚子。夏天麦熟的季节，正好也赶上雨季，那些小小的戏服与面具，不知不觉就会发霉。冬天赶上刮大风下大雪的日子，也很难出摊唱戏了。

这种时候也没有其他办法，李小二只能缩在昏暗的客店一隅，无聊地对着老鼠们，急切地等待着下一个能够出摊的日子。李小二的老鼠一共五只，分别用他的父母妻子，以及下落

---

① 元杂剧中常居于剧首者。"楔子"居于剧首，其主要作用乃交代故事情节之背景、缘由，类似于今日戏剧中之"序幕"。

② 元明杂剧和南戏的剧情提要。用两句或四句的韵语概括全剧主要关目，最后一句多是此剧的全名。

不明的儿子来命名。它们顺着袋口里鱼贯而出，在这一点热气都没有的房间里，哆哆嗦嗦地溜达，轻巧地从鞋尖跳上主人的膝头，用那几双黑玉珠一般的小眼睛，静静地看着自己的主人。这种时候，哪怕是已经久经沧桑的李小二，也会忍不住流下泪来。然而，日复一日为生计奔波的愁苦，也会势不可当地占据他所有的心神，于是这种时候，如此惹人怜惜的老鼠，大多数时候，他也不会多瞧一眼。

再加上随着年纪大了，李小二的身体也越来越差，生意越来越难做。一唱到长段子，气就不够用，嗓子更是没有以前亮了。照这个状态下去，日子注定会越来越难——这种不安，在中国北方的寒冬里，一点点地扼杀了这位悲惨的卖艺人心中最后的一点光亮，对这人世间的依恋终于消耗殆尽。为什么活着这么辛苦？如此辛苦，为什么还要继续活着？

李小二也觉得自己没道理活得如此辛苦。但导致他悲惨生活的原因，他自己也不知道，但他无意识地憎恨这个原因。说不定，李小二这种漠然的反抗之心，正是这种无意识的憎恨引发的。

然而，李小二就像所有的东方人一样，并不能发觉，自己在面对命运的未知时，会不自觉地权衡利弊，然后自然而然地屈从。日暮时分，风雪中的旅店里，肚子空空的他对着五只老鼠如此说道：

　　"再忍忍吧。我自己也是忍饥挨饿到现在啊。反正活着就是难，比起你们，肯定是人活着更苦哇……"

中

那是一个寒冷的午后。冬日阴霾的天空，下起了雨夹雪。原本就狭窄的路上，溅得行人满腿泥泞。李小二背着装着老鼠的袋子，一如往常从摆摊的地方回去。忘记带伞的他全身湿透，悲凉地远离市集，往人少的路上走去——此时，路边一座小小的神社进入他的视野。雨雪更紧了，他的肩膀瑟缩着，每走一步，冰凉的雨滴便会从鼻尖掉落，前襟已然被水浸透。李小二被逼得无路可走，只得慌忙躲进神社的檐下，先抹了把脸，接着拧干了袖子，这才松了一口气。抬头便见一块匾额，"山神祠"三个大字赫然其上。

入口的石阶不过两三级，门敞开着，祠堂里面要比想象的还要狭窄。天色渐渐昏暗，一尊挂满了蛛丝的金甲山神被供奉在祠堂正中，其右有一尊判官，却不知是被谁恶作剧弄没了头；左边是一只赤发青面的小鬼，面目狰狞，却没了鼻子。满是灰尘的地板上堆满了金银纸钱。在昏暗的堂中，反射出不易觉察的光。

看清周围的一切之后，李小二将视线投向堂外。忽然，纸钱堆里冒出一个人。事实上，这人一直蹲在那里，只不过他才适应黑暗的视野，这时才发现还有另一个人在，所以还以为一个人凭空从纸钱堆里冒了出来。他实在被吓了一跳，胆战心惊地，也不知是看过去好，还是假装没看见的好，悄悄地窥视那个人。

只见那人身着脏污的道袍，头发乱得像鸟窝，是个寒碜的老者。（哈，是个要饭的老道——李小二这样想着。）长须老道抱着骨瘦如柴的双腿，下巴搭在膝盖上，眼睛也不知在看哪里。不过一看他道袍的肩膀处湿了一片，必定也是淋了雨。于是李小二上前搭话道：

"这天气真是的哈！"

老道抬起下巴，这才看向李小二。"可不是。"说着皱着眉头，夸张地耸了耸高高的鹰钩鼻。

"做我这种买卖的人，这点雨也不算什么了。"

"噢，您是做什么生意的？"

"养老鼠卖艺的。"

"这可稀奇了。"

两个人就这样有一搭没一搭聊了起来。老道从纸钱堆里起身，和李小二一起坐在了石阶上。李小二这才看清他的真容，比刚刚摸黑看起来还要枯槁。

李小二终于遇到了聊天的对象，于是干脆把箱子和口袋放在一边，放开聊了起来。老人依然沉默，呆呆的也不答话，只是来回重复诸如"啊，这样啊"，敷衍着。没了牙的嘴上下嚅动，就像在咀嚼空气。不断被嘴唇带动的胡子根部已经脏污得发黄——无论怎么看，都是一副惨状。

在各个方面，与这个老道相比，自己都是更优越的那一个，李小二这样想着。这无疑是值得高兴的事。可李小二在自己的这种优越之下，总觉得对老人很抱歉。于是他开始夸大自己生活的困苦，到最后，谈话已然变成他出于歉疚之情对老人的补偿。

"唉，说着就想掉眼泪。有多少次，一天吃不上一顿饭。最近仔细想想总是觉得，到底是老鼠靠我吃饭，还是我靠老鼠吃饭哪！"

李小二将这种事都说了出来，自己也怅然若失，可老道仍不为所动。他的精神更加紧绷了。（这位道长可能更加误会我的话了，我还是闭嘴吧——李小二在心中自责道。）悄悄看向老道，老道却仍不看李小二，只是望向外面被雨水淋湿的枯柳，时不时抬起一只手搔搔头。

虽然看不到他的脸，可李小二也知道，自己的心思完全暴露了。于是他多少有些不快，比起不被理会，更另他不痛快的是，自己对老道表示同情的心思被看穿。于是话题转到今年的蝗灾，无数农家损失惨重，他想努力用这一点，将老道的穷困正当化。可说着说着，老道突然转向他。那满脸堆着的褶子里，肌肉居然因为忍笑，紧张地微颤。

"看样子你在同情我。"说着，老人终于忍不住大笑起来，那是像鸟鸣一般尖锐又干涩的声音，"我不缺钱。如果你想的话，我倒是可以为你略献微薄之力。"

李小二话说到一半被打断，只是瞪大双眼呆呆地看着老道。（他一定疯了。）——想到这里，他终于开始反省，决定不再开口。可没等他反省完毕，就又被老道打断。"要是一两千镒金这种程度，我现在就能给你。其实，我不是凡人。"

老道简短地讲述了自己的经历。原来他是某个集市上卖肉的屠户，偶遇吕祖洞宾，于是开始学道。老道慢慢站起身，走回堂内，一只手堆起地上的纸钱，一只手招呼着李小二过来。

李小二就像被剥夺了五感，只能愣愣地走进堂里。整个人趴在满是老鼠屎和尘埃的地板上，抬起头仰望老道。老道艰难地伸直弓着的腰，捞起地上堆着的纸钱捧在手里揉搓，一把接着一把地撒开来。落地的黄白之物锵锵然的声音，逐渐盖过了门外的雨声——那纸钱一脱手，就在瞬间变成了真金白银。

在这钱雨之中，李小二依然伏在地板上，抬头怔怔望着老道……

下

李小二就此成了陶朱巨富。有时，别人不信他遇到仙人的事，他便将当时老道赠予他的四句话给那人看。很遗憾，笔者当年只是不知在哪本书上看过这四句话，原文已经不记得了，只能用日文翻译出大致意思。那是李小二问老道，明明是仙人为何以乞丐之姿现身时，老道回他的话：

生必尝其苦，才得其乐；
人必知其死，才知其生。
破苦死则无生趣。
仙人也只羡凡生。

也许，仙人只是怀念当年身为凡人的生活，才特意找寻诸多苦难，再次体验一番吧。

大正四年七月二十三日

二

英雄之器

"不管怎么说，项羽这个人，就没有英雄的器量。"

汉军大将吕马通①抚着稀疏的胡须，把那本来就很长的一张脸拉得更长，如此说道。在他周围，还有十数张兴奋不减的脸，被黑夜里营帐正中熊熊燃烧的篝火映照得通红。大约是今日斩获西楚霸王首级的喜悦还未消退，吕马通从未笑得如此得意。

"是吗。"

一张高鼻梁，目光锐利的面孔，嘴角勾起一丝充满讽刺的笑意，死死盯着吕马通的眉间，发话了。而吕马通不知怎的，整个人霎时狼狈了起来。

"项羽的勇武自然是无可挑剔的。毕竟那可是连涂山禹王鼎都能弯折的西楚霸王啊。就好比今日之阵，我差点以为自己

---

① 吕马通，多写作吕马童。《史记·项王本纪》中记载，项籍在兵败身死之前，曾称吕马童为"故人"。随后自刎，将头颅送给吕马童去领赏。

会命丧于此啦。李佐、王恒被双双斩于马下，要说那个气势，真是无与伦比。所以说，项羽还是很强的。"

"哈。"

那张面孔仍然微笑着，泰然自若地点了点头。营帐外静悄悄的，除了远处传来三三两两鸣角之声，连马的嘶鸣声也听不见。寂静之中，只有枯叶的气味，悄然蔓延开来。

"但是。"吕马通环顾了一周，目光扫过众人仰起的脸，紧接着，好像强调这"但是"二字一般，眨了眨眼说道：

"但是，项羽并非英雄之器，今日之战便是证明。楚军被逼至乌江畔时，仅余二十八骑。而我军之阵则密如层云，无计可施也是理所当然。甚至乌江亭长都引小舟于江畔相迎，欲渡项羽前往江东。项羽若真有英雄的器量，必能忍一时之辱，渡过乌江。他日卷土重来，未可期也。毕竟，这可不是什么死要面子的时候哇！"

"那么，所谓英雄的器量，便是精于考量，工于算计喽。"

此语一出，周围的人不由得低声发笑起来。可吕马通意外地没有畏缩。他停下抚着胡须的动作，反而稍稍挺起胸脯，不时瞟向那高鼻梁、目光锐利之人所在的方向，进而大手一挥，颇有架势地说道：

"倒不是这个意思。其实呢，据说项羽在今日开战前，对二十八骑残将说：'天亡我项羽，而非人力之不足。如今我凭尔等二十八人，便可大破汉军三次，这便是证据！'实际上何止三次，大破九次也不为过。可是要我说，这就有些卑鄙了。把自己的失败全都归罪于上天，可天又何辜呢！如果渡过乌江，重新集结江东健儿，再袭中原逐鹿之后仍未成功，那也是没有办法的事。为之丧命，也算死得其所了。我说项羽没有英雄的器量，不仅仅因为他缺少谋略算计，而是因为他把一切都怪在老天头上。所谓英雄，可不能是这样的人。不过，像萧丞相这样的饱学之士，是如何定义英雄的，我也无从知晓便是了。"

吕马通稍稍停顿了一下，颇为得意地向左右瞥去。周围的人也好像认同了他的说法一般，纷纷微微颔首，陷入了沉默。而席间那高鼻梁面孔的主人，眼中出人意料地浮现出一丝感动。那黑色的眼瞳，仿佛带着滚烫的热度，忽地闪亮起来。

"确实。项羽还说过这样的话呢。"

"确是如此。"吕马通奋力点头答道，那张长脸夸张地上下晃了三晃，"项羽还是太懦弱了！即使算不得懦弱，也实在少了些男子气概。因为所谓英雄，不就是要与天命斗争到底嘛！"

"就是说啊。"

"哪怕已经知晓自己的命运，还是要与上天斗一斗！"

"就是！"

"所以说项羽呀……"

这时，刘邦终于抬起他那锐利的双眸，定定地望向照亮秋日的灯火。接着，他如同自言自语一般，慢悠悠地对众人说道：

　　"所以我说，所谓英雄之器呀……"

二

影

横滨。

日华银行老板陈彩，今天也西装革履，伏案于成堆的商务文件间，叼着早已熄灭的烟卷，忙得错不开眼。残暑未消，寂寞充斥着垂着更纱窗帘的室内，几乎让人喘不过气来。门散发着清漆的气味，只有对面传来打字机的轻微声响，时不时打破这片寂寞。小山高的文件处理完毕，陈像是突然想起什么，拿起桌上的电话，开腔竟是一口嗓音浑厚的日语：

"接到我家。"

"谁？阿婆吗？让夫人接下电话。房子吗？今晚我要去东京，嗯，晚上住那边。回不来，赶不上火车。你好好在家。什么？请医生来了吗？你肯定是神经衰弱了。行，挂了。"陈放下电话，不知为何面色忽然沉了下来，他用粗壮的手指划着火柴，终于点起一直叼着的烟，吸了起来。

……香烟的烟雾，花草的气味，刀叉与盘子碰撞的声音，从房间一角悠悠响起，与整体氛围格格不入的一首卡门。陈在一片吵闹中，双臂支桌，对着眼前的一杯啤酒不知所措。客人、服务生、换气扇，似乎都在转来转去，无不让人眼花缭乱。不过，只有那个柜台后的女子的面孔，让他无法错开目光。那女子看起来不过二十岁，额发烫成卷，施以薄薄的腮红，身着有些土气的磁青半襟，正背对着墙壁上贴着的镜子，忙不迭地用铅笔写着账单。

陈一气喝光这杯啤酒，不小的个头慢慢站起来，走向柜台。

"陈哥，什么时候给我买戒指？"女人说着，手里的笔也未曾停下。

"要等你手上戒指摘掉之后……"

陈一边从兜里摸着零钱，一边用下巴示意女子的手，那只手两年前开始，就已经戴上了一枚订婚戒指。

"那就今晚吧，你买给我。"女人突然拔下戒指，和啤酒一起推到陈的面前，"这可是我的护身符。"

咖啡馆外的柏油马路上，夏夜里一阵凉爽的风正吹过。陈站在路边，怔怔地仰望着星空。只有今夜，这些星星……

突然一阵敲门声，将陈拉回一年后的现实。

"请进。"

敲门声随即停止，清油味未消的门被打开，阴沉而苍白的今西书记无声地出现在门口。

"有您的信。"

陈只是略微颔首，脸上稍有对此外一言不发的今西的不满之意。今西仍然冷冷地奉上信件，行礼，依然悄无声息地回到自己的办公室。今西关上门后，陈掸了掸烟灰，拿起那封信。信封是普通的白色商用信封，上面是打字机打印的收件地址。本是没有任何不妥的一封信，可陈的表情不可抑制地充满了厌恶。

"又来了。"陈的粗眉皱起，嫌恶地"啧"了一声。然而他还是一头仰倒在转椅背上，双脚搭在桌沿，没用拆信刀，直接用手撕开了信封。

拜启

已再三敬告过阁下，尊夫人贞节有失。时至今日，如果您再不采取什么坚决的措施的话……

尊夫人每天和情夫厮混……房子夫人是日本人，做过咖啡店的女招待……您是中国人，在下不能坐视不管……如果之后不和夫人离婚，您会被万人耻笑……若有言语不当之处，还请见谅。

您忠实的友人

敬上

陈依旧搭着桌子，就着蕾丝窗帘间泻入的夕照，细看那只女式金表。然而那表盖上刻的，却似乎不是房子的名字缩写。

　　"这是？"

　　"田中先生送的。你记得吧，经营仓库的——"婚后不久，房子站在衣柜前，朝着桌子一头的丈夫笑道。

　　桌上两个戒指盒，打开白天鹅绒的盖子来看，一枚是珍珠的，另一枚是土耳其玉的。

　　"是久米先生和野村先生给的。"

　　接着出现了珊瑚珠饰。

　　"很古典吧，是久保田先生送的。"

　　这种时候，陈就会像什么都不知道一般，静静地看着妻子的脸，若有所思地开口：

　　"这些可都是你的战利品。好好留着吧。"

　　被夕阳填满的房间里，房子再一次爽朗地笑了：

　　"也是你的战利品哟。"

　　当时他也很高兴，可现在……陈打了个寒噤，把搭在桌上的两条腿放了下来。这时电话铃突然响了，吓了他一跳。

　　"是我。好，让他跟我说。谁？我知道你这边是里见侦探所。你叫什么？吉井君，很好。有什么要报告的？来的人是谁？医生？那之后呢？也有可能。那你来一趟停车场吧。不，肯定能赶上最后一班火车。那到时见。"撂下听筒的陈彩，就像是安心了一般，静坐了一会儿。接着他一看见桌上女表的指针，按下了半自动的传唤铃。今西书记应声出现，从门后伸出半个瘦长的身子。

"今西君，跟郑君说，今晚代替我去东京出差。"陈的声音不知不觉间失去了一直以来的力度，今西仍然冷淡地行礼，关上门隐身而去。更纱窗帘外，夕阳西沉，薄暮渐浓，房间里蓦地染上一片赤色。一只不知从哪来的大苍蝇，带着低沉的振翅嗡嗡声，一圈圈地围着撑着头一动不动的陈，画着不规则的圆……

镰仓

夏末，时值黄昏，陈宅客房的蕾丝窗帘外，是不断蔓延的夕阳，如燃烧般盛开不衰的夹竹桃，给凉爽的房间带来一丝明快的色彩。房子坐在屋子一角的藤椅上，膝上伏着一只三花猫，略带愁容，目光游走在花间。

"老爷今晚在外留宿吗？"用人老妇在一旁的桌上摆好红茶茶具。

"是呀，今晚又是我一个人了。"

"如果您身体没问题的话，老仆我还能放心些——"

"今天山内医生说了，我的病就是神经过于疲乏，好好睡两天就会——欸？"

178

老妇也是一惊，看向房子，不知为何，房子孩子般的脸上，一双眼里充满恐惧。

"夫人，您怎么了？"

"嗯，没什么。不过……"房子强装镇定，扯出一点儿笑意，"刚刚窗边好像有人在偷看。"

可老妇到窗边查看之时，只有寂寥庭院中风中摇曳的夹竹桃和一望到底的草坪。

"啊啊，真讨厌，肯定是隔壁家的小孩子在恶作剧。"

房子想了想，最后慢慢说道："不，不是隔壁家的小孩。我好像有印象——对对，上次和你一起去长谷的时候，后面好像一直跟着这么个年轻人，戴着鸭舌帽……不过也可能是我的错觉。"

"要真是那个男人的话怎么办呢？老爷也回不来，要不跟老头子或是警察讲讲吧。"

"哎呀，婆婆你太大惊小怪了。管他是谁，我一点儿都不怕。不过——不过要是真的是我的错觉——"老妪听到这里，疑惑地眨眨眼，"要真是错觉，我可能要就此疯掉也说不准啊。"

"夫人您就爱说笑。"老妇放下心来，微笑着收拾起茶具。

"不，婆婆你不知道。最近我一个人的时候，总觉得有谁站在我身后，就这样站着，盯着我……"房子沉浸在回忆中，神情迅速忧郁起来。

没有开灯的二楼卧室中，淡淡的香水味荡漾在昏暗之中。月亮升起，唯一的光源便是未曾放下窗帘的窗中，透进的模糊月光。房子沐浴在这微光之中，独自站在窗边，望着外面远处的松林。

今夜丈夫不会回来。用人们也都安置了。月夜下的庭院，只有风静静盘旋着。远处传来低微的钝响，那是海潮的声音。

那种不可思议的感觉又出现了，有谁在身后窥视着自己。可除了她自己不可能有外人进来——不对，万一呢——不可能，睡前门都有好好落锁。那这种感觉到底——还是神经太过疲劳吧。她望向透着微光的松林，努力说服自己，可那种有谁在看着她的感觉，无论如何也无法消失，甚至越来越强烈。她鼓起勇气，胆战心惊地转身，卧室里果然没有别人，只有那只三花猫。果然是神经出了问题，才会产生这种错觉。可只一瞬，刚刚那种某种不知名的存在潜伏于这片黑暗中的感觉，马上又笼罩在房子的心头，那个难以名状的视线又一次盯上窗边房子的脸，房子从未感觉到如此难以忍受，她全身颤抖着伸出手，摸到离自己最近的那面墙上的电灯开关。灯亮的那一刻，一如往常的屋内陈设，覆盖了月光之下的晦暗不明，一切都回归到了可靠的现实之中。床、西式衣橱、盥洗台——如白昼般的光照之下，一切的一切，无比亲切地再次出现在眼前。自从一年前和陈结婚之后，所有的陈设未曾改变。在如此幸福的环境之中，无论怎样可怕的幻觉，都不过——

不。那怪异的存在，连这刺眼的灯光都不怕，盯着房子的视线竟然寸刻未离。房子双手掩面，失控大叫起来，可却什么声音也发不出。此时心头的恐惧，已经超越了她有生以来的全部认知……一周前的记忆随着呼吸一点点倾泻出来。猫借机从她膝头跳下，顺滑齐整的背高高弓起，畅快地伸了个懒腰。

"谁都会出现那种错觉的。我家老头子修剪院子里的松树时，大白天的还以为听见了小孩子的笑声，那之后还跟我抱怨个不停，但他不也什么事都没有嘛。您不是也说，这种小事不值得费心思吗？"老妇拿起盛茶具的漆盆，像安慰孩子一般对她说。听到这里，房子的脸上也终于松快了些，有了笑意。

"肯定是隔壁的小孩在吓唬人。老头子也是胆子小，被那种事吓到。——啊，天已经这么晚了，老爷就这样住在那边也挺好。"

"洗澡水好了吗，婆婆？"

"准备好了，需要我帮您吗太太？"

"嗯，我马上去洗。"房子终于放松下来，从藤椅上起身。

"今晚隔壁的小孩也在放烟花呢。"

老妇跟在房子身后，静悄悄地关上门，只余已然看不清窗外夹竹桃的昏暗房间。可那只被二人遗忘的三花猫，就像突然发现了什么一样，猛地扑到门口，又像贴着某人的脚蹭了过去。暮色笼罩的房间里，三花猫的双眼放出令人不安的磷光，目光所及之处，却空无一物……

横滨

日华洋行的值班室，昏暗的灯光下，书记今西蜷缩在长椅上，正在看一本杂志新刊。不久他便把杂志扔在一旁，小心翼翼地从里怀取出一张照片看了起来。

看着，看着，那张苍白的脸，泛起一丝幸福的微笑。

那是陈彩的妻子房子，梳着裂桃髻的半身照。

镰仓

下行列车的汽笛响彻在星月夜空，陈彩将包对折夹在腋下，独自一人在检票口停下了脚步。站内一片寂静，昏暗的灯光下，坐在墙边长椅上的高个子男人，撑起一柄粗粗的藤杖起身，慢慢挪到陈彩身前，摘下宽沿鸭舌帽，用只有陈彩能听到的声音说道：

"陈先生吗？我是吉井。"

"今天辛苦了。"陈面无表情地盯着他说道。

"刚刚打过电话了——"

"那之后什么都没发生吗？"陈不容置疑地打断对方的那

一刻，男子的下半句话就如同被生生崩飞。

"什么都没发生。大夫离开后，夫人一直和婆婆聊到天黑。接着沐浴用餐完毕，直到十点，一直在听收音机。"

"没有来什么客人吗？"

"没有，一位客人都没有。"

"你什么时候停止监视的？"

"十一点二十分。"吉井回答得很痛快。

"那之后到末班车之前，没有其他车次吧？"

"上行下行都没有。"

"嗯，今天谢谢你了。回去替我跟里见君带个好。"陈将草帽檐压低，看也不看脱帽致意的吉井，踩着站外的碎石大步走远。望着陈无所畏惧的背影，吉井不由得紧张地双肩紧绷。不过稍许他便放松下来，一边吹着口哨，挂着粗粗的藤杖，向停车场附近的旅店走去。

镰仓

一小时后，陈彩已经身在他们夫妇二人的卧室门口，做贼似的将耳朵贴在门上，动也不动地静听着。卧室外的走廊里，浓重的黑暗几乎压得人无法呼吸，其中微明一点，便是从卧室门锁孔漏出的些许灯光。陈压抑着跳得飞快几乎炸裂开来的心脏，耳朵严丝合缝地贴在门板上，全神贯注地听着门里的动静，然而门里却听不到任何交谈的声音，伴随这份寂静而来的，便是一股难以忍受的内疚之情。

从停车场回家的路上，他再一次经历了意想不到的变故。松枝笼罩的狭窄小径上，露水已经沾满了沙土。澄澈的夜空上无数星子的光芒，在松林的层层掩盖之下，投射在路上已所剩无几。可近海的潮风，却痛快地穿林而过，风声清晰可闻。陈独自一人，小心翼翼走在寂静的暗林之中，嗅着随风而来越发浓烈的松脂香气。

忽然陈停下了脚步，警惕地观察起不远的前方。前方几步远处，常年被常春藤覆盖的家宅砖墙周围，突然传来隐蔽的足音。不过再怎么仔细看，松林茂密遮掩，怎么也辨认不清。只是，一时间那足音并没有接近自己的方向，反倒好像移动到对面去了。

"想什么呢，又不是只有我才能在这条路上走。"陈腹诽着多疑的自己。可这条路唯一的通向应该只有自家内宅——就在这时，内门打开的声音随着海风而来，传进陈的耳朵里。

"真奇怪，早上的时候，内门还是锁着的。"一想到这里，陈彩就像寻到了猎物的猎犬，毫不犹豫地朝内门走去，可不知何时，内门早已再次落锁，怎么推也推不开。陈靠在门上，站在过膝的草丛中，一时不知如何是好。

"是我听错了吗？明明听到了门的声音……"与此同时，

刚听到的脚步声，也彻底消失了。爬满常春藤的墙壁一头，陈宅早已灯火尽熄，矗立在星空之下。一股悲凉之情猛地冲向陈彩的心头，可连他自己也不知道悲从何来，冰冷的泪水，悄然从他脸上滑落，他就这样呆立在草丛中，听着单调的虫鸣。

"房子……"陈久违地呼唤起妻子的名字，如同在呻吟。

就在这时，高高的二层突然亮起灯来，照得人眼晕。

"那、那是——"陈艰难地咽了一口唾沫，抓住手边最近的松枝，努力朝上看去。亮起灯的那间屋子——二层的卧室灯火通明，透过玻璃窗，屋内的一切清清楚楚。灯光浮在夜色里，攀上院墙内茂盛色松枝。接着，更不可思议的事情发生了——一个人影出现在窗边，不巧的是，那人背对灯光，看不清他的面貌。唯一可以肯定的就是，那是个男人的轮廓。陈紧紧抓着墙上的常春藤，努力支撑着不让自己倒下，断断续续地发出痛苦的呻吟：

"那封信——怎么可能，不是只有房子她——"陈彩立即翻过院墙，悄悄穿过院内的松树，在二层客房的窗户下藏好。窗下的夹竹桃已经被露水打湿了花叶……走廊一片黑暗中，满心嫉恨的陈彩咬着干裂的嘴唇，竖耳听着。果然，门里传来了一阵格外小心的脚步声，可又瞬间消失了。随即，关上窗户的声音显得格外尖锐，刺入神经高度紧张的陈的耳膜。

那之后又是漫长的寂静。在这片寂静里，脸色大变的陈，额角如同被榨木①挤榨过一般，淌满了冰冷的急汗。他哆嗦着去摸门把手，却发现门早已锁死。突然，屋内传来不知是梳子还是别针落地的声音，陈继续仔细听着，却没再听到拾起的声音。如此莫名其妙的声音，一点一点地击打着陈的心脏，他全身都在颤抖，只有耳朵仍然死死贴在门上。煎熬的数秒间，他已然紧张到极点，几近狂乱的视线不停地投向四周。这时，门的一端传来一声微弱的叹息。接着好像有人轻轻爬上了床。如果再多保持这个状态一分钟，陈可能就会在门口直接疯掉。

这时，门缝泻出细若蛛丝的朦胧光芒，如同天启一般照进他的眼里。陈猛地伏在地板上，贪婪地探向把手下的锁孔，向屋内看去——

刹那间，映入陈彩眼中的光景，是他一生也摆脱不了的，永远的诅咒……

横滨

书记今西将房子的照片放回里怀口袋，安静地从长椅上坐起。接着和往常一样，他一声不响地走进一片漆黑的隔壁房间。他按下电灯开关，四周立刻亮了起来。今西坐到桌前，台灯照亮了他面前的打字机，一双手敲敲打打，飞快得令人眼花

---

① 榨油器具。

缭乱。不消多时，打字机便吐出一张印有几行字的白纸：

敬启。

尊夫人贞节有失，恐怕已经无须在下多言。可您
实在太过溺爱……

瞬间，今西的表情，完完全全是一张写满憎恶的
面具。

镰仓

卧室的门已经大开。灯火通明下，床、衣橱、洗面池，都
一如往常。陈彩呆立在房间一角，怔怔地看着床前的两人。一
人是房子——倒不如说，到刚刚为止，她还能被叫作房子。而
现在，这个曾经的"房子"，面色青紫，半吐着舌头，死死盯
着天花板。另一个人是陈彩。和站在房间角落的陈彩分毫不
差。那个陈彩压在房子身上，掐着她的脖子，双手手指几乎要
陷进她的脖子里。他的头靠在房子裸露的胸前，不知生死。静
默片刻，床上的那个陈彩，开始痛苦地喘息，他撑起笨重的身
体，可刚一发力，马上又倒在床边的椅子上。

这时，房间一角的陈彩，沉默着走向那个"房子"，一双
眼睛无限悲凉，望着她青紫的面孔。椅子上的陈彩，这时才意
识到有其他人存在。他从椅子上跳起，充血的双眼里闪过阴冷

的杀意。可待看清对方的一瞬间，他眼里的杀意，马上被难以言喻的恐惧代替：

"你是谁?！"他几乎喘不过气来。

"刚刚出现在松林里的，藏在后门的，还有在床边偷看的……是你……是你把我的妻子……把房子……"他中途噎住，又疯狂嘶吼起来。

"是你吧……你究竟，究竟是谁！"

另一个陈彩一言不发，他哀伤地看着对面的陈彩。而椅子前的陈彩，就像被这目光穿透，他睁大了狂乱的双眼，逐渐向墙壁一角瑟缩，嘴里还不停喃喃，"你是谁? 是谁……"他跪在那个"房子"身边，缓缓地用手摩挲那纤细的脖颈，接着，他对着那残忍的指痕，吻了上去。一片光明却如同墓窖般寂静的卧室里，终于传出了断断续续的啜泣声。终于，墙角的陈彩和跪在地上的陈彩，一同掩面流泪起来……

东京

叫作《影》的电影放映完毕。我和一个女子，坐在活动影院的包厢里。

"刚才那片子应该都放完了吧。"

"你说哪部?"女子看向我，那忧郁的眼神，和电影中的房子如出一辙。

188

"刚刚的，叫作《影》的那个呀。"

女子没有多说，只是把手里的节目表递给我。不过，无论怎么找，都没有《影》这个名字。

"那我是不是在做梦啊。可又不记得自己睡着了，真奇怪。我给你讲讲这部片子吧……"我简单给她讲了讲故事梗概。

"这个片子我也有印象哦。"女子寂寞的眼底浮起一丝笑意，用几乎微不可闻的声音答道：

"我们，还是别在意什么影子了吧。"

大正九年七月十四日

芥川龙之介・英雄之器 ————

あくたがわりゅうのすけ　えいゆうのうつわ

图书在版编目（CIP）数据

英雄之器 /（日）芥川龙之介著；烧野译.—北京：现代出版社，2021.11
ISBN 978-7-5143-9406-1

Ⅰ.①英… Ⅱ.①芥… ②烧… Ⅲ.①短篇小说—小说集—日本—现代
Ⅳ.①I313.45

中国版本图书馆CIP数据核字（2021）第180558号

英雄之器

作　　者：［日］芥川龙之介
译　　者：烧　野
责任编辑：申　晶
出版发行：现代出版社
通信地址：北京市安定门外安华里504号
邮政编码：100011
电　　话：010-64267325　64245264（兼传真）
网　　址：www.1980xd.com
电子邮箱：xiandai@cnpitc.com.cn
印　　刷：三河市宏盛印务有限公司

开　　本：880mm×1230mm　1/32　　印　　张：6.5
版　　次：2021年11月第1版　　印　　次：2021年11月第1次印刷
字　　数：110千字
书　　号：ISBN 978-7-5143-9406-1
定　　价：49.80元

时间宝贵，我们只读好书。

诚邀关注"只读文化工作室"微信公众号

英雄之器

［日］芥川龙之介┃著　只读文化工作室┃出品

他忏悔一切，他宽恕所有。

——芥川龙之介

和风译丛·太宰治·"人间五重奏"系列

书名：《人间失格》
作者：【日】太宰治
译者：何青鹏
出版时间：2019 年 3 月
装帧形式：精装
ISBN：978-7-5143-7606-7

本书收录太宰治最具代表性的小说《人间失格》《斜阳》以及文学随笔《如是我闻》。以告白的形式，挖掘人性深处的懦弱，探讨为人的资格，直指灵魂，令人无法逃避。

《斜阳》写的是日本战后没落贵族的痛苦与救赎，"斜阳族"成为没落之人的代名词，太宰治的纪念馆也被命名为"斜阳馆"。

《如是我闻》是太宰治针对文坛上其他作家对其批判做出的回应，其中既有对当时文坛上一些"老大家"的批判，也有为其自身的辩白，更申明了自己对于写作的看法和姿态，亦可看作太宰治的"独立宣言"，发表时震惊文坛。

时间宝贵，我们只读好书。

和风译丛·太宰治·"人间五重奏"系列

书名：《惜别》
作者：【日】太宰治
译者：何青鹏
出版时间：2019 年 3 月
装帧形式：精装
ISBN：978-7-5143-7605-0

《惜别》是太宰治以在仙台医专求学时的鲁迅为原型创作的小说。创作这部作品之前，太宰治亲自前往仙台医专考察，花了很长时间收集材料，考量小说的架构，用太宰治的话说，他"只想以一种洁净、独立、友善的态度，来正确地描摹那位年轻的周树人先生"；因而，在书中，读者可以看到鲁迅成为鲁迅之前的生活、学习经历及思想变化，书中的周树人，亦因太宰治将自己的情感代入其中，而成为"太宰治式的鲁迅"形象。

本书同时收录《〈惜别〉之意图》《眉山》《雪夜故事》《樱桃》《香鱼千金》等 5 部中短篇小说。

和风译丛·太宰治·"人间五重奏"系列

书名：《关于爱与美》
作者：【日】太宰治
译者：何青鹏
出版时间：2018 年 10 月
装帧形式：精装
ISBN：978-7-5143-7277-9

本书收录了《秋风记》《新树的话语》《花烛》《关于爱与美》
《火鸟》等六部当时未曾发表的小说。这部小说集是太宰治与
石原美知子结婚后出版的首部作品集，作品集中表现了太宰治
对人间至爱至美的渴望，以及对生命的极度热爱。像火鸟涅槃
前的深情回眸，是太宰治于绝望深渊之中的奋力一跃。

时间宝贵，我们只读好书。

和风译丛·太宰治·"人间五重奏"系列

书名：《虚构的彷徨》
作者：【日】太宰治
译者：程亮
出版时间：2020 年 3 月
装帧形式：精装
ISBN：978-7-5143-8295-2

本书以日本筑摩书房 1985 年出版的《太宰治全集》为底本，收入《小丑之花》《狂言之神》《虚构之春》三部长篇小说，构成《虚构的彷徨》。并附《晚年》中的三部短篇《回忆》《叶》《玩具》。

《小丑之花》发表于 1935 年 5 月的《日本浪漫派》。翌年，《狂言之神》经佐藤春夫先生的推荐，发表于美术杂志《东阳》的十月号，《虚构之春》经河上彻太郎先生的推荐，发表于《文学界》的七月号。此三篇，依花、神、春的顺序，构成了长篇三部曲《虚构的彷徨》。

时间宝贵，我们只读好书。

和风译丛·太宰治·"人间五重奏"系列

书名：《他非昔日他》
作者：【日】太宰治
译者：程亮
出版时间：2020 年 3 月
装帧形式：精装
ISBN：978-7-5143-8303-4

本书以日本筑摩书房 1985 年出版的《太宰治全集》为底本，主要选取太宰治生前出版的作品集《晚年》中的经典作品结集而成，收入《鱼服记》《列车》《地球图》《猿之岛》《麻雀游戏》《猿面冠者》《逆行》《他非昔日他》《传奇》《阴火》《盲草纸》等 11 部中短篇小说。

时间宝贵，我们只读好书。

和风译丛·太宰治·"人生风景三部曲"系列

书名：《富岳百景》
作者：【日】太宰治
译者：程亮
出版时间：2020 年 10 月
装帧形式：精装
ISBN：978-7-5143-8760-5

本书以日本筑摩书房 1985 年出版的《太宰治全集》为底本，收入太宰治的《富岳百景》《女生徒》《二十世纪旗手》《姥舍》《灯笼》等 9 部中短篇小说及随笔。

《富岳百景》写法别致，为多数日本高中语文教科书所选用。它以富士山为中心，多种角度地描写了富士风景，每种风景都寄托了太宰治的情感。

《二十世纪旗手》的副标题"生而为人，我很抱歉"已成为广为流传的一句名言。

和风译丛·太宰治·"人生风景三部曲"系列

书名：《东京八景》

作者：【日】太宰治

译者：朱航

出版时间：2020 年 10 月

装帧形式：精装

ISBN：978-7-5143-8808-4

本书以日本筑摩书房 1985 年出版的《太宰治全集》为底本，收入太宰治的《盲人独笑》《蟋蟀》《清贫谭》《东京八景》《风之信》等 9 部中短篇小说及随笔。

《东京八景》是太宰治的青春诀别辞。《盲人独笑》则通过一个盲乐师的日记，写出了他面对苦难人生的乐观。《蟋蟀》则通过一个艺术家妻子的口吻，申告了太宰治自己对艺术、成功与富有的独特看法。

只读

时间宝贵，我们只读好书。

和风译丛·太宰治·"人生风景三部曲"系列

书名：《黄金风景》
作者：【日】太宰治
译者：程亮 朱航
出版时间：2021 年 6 月
装帧形式：精装
ISBN：978-7-5143-8936-4

本书以日本筑摩书房 1985 年出版的《太宰治全集》为底本，收入太宰治的《黄金风景》《雌性谈》《八十八夜》《美少女》《叶樱与魔笛》等 13 篇小说及随笔。

《黄金风景》通过女佣阿庆对纨绔少爷始终如一的体谅与宽慰，写出了太宰治对女性之美的崇敬。《懒惰的歌留多》通过对懒惰之恶的深切反思，写出了振聋发聩的"不工作者，就没权利，自然会丧失为人的资格"。

只读

时间宝贵，我们只读好书。

—和风译丛—

只读

时间宝贵，我们只读好书。